우울이라 쓰지 않고

우울이라 쓰지 않고

문이영

오후의소묘

우울의 지형 [*]

사람들은 우울을 싫어한다. 사실은 우울이 주는 취약한 느낌을 싫어하는 것이다. 우울이 저마다 외면하고 싶어하는 자신의 어떤 면, 무력하고 의기소침한 모습을 일깨우기 때문에. 우울한 누군가의 이야기를 듣는 일은 그래서 고되다. 애써 모른 척하고 있는데, 아닌 척 잘 살고 있었는데. 우울이 옮기라도 하듯, 사람들은 우울한 이를 멀리한다. 우울한 이에게 우울에 관해 말하지 말라고 한다.

우울을 긍정하고 싶지도 부정하고 싶지도 않다. 우울이 무언가를 가르쳐주었다 한들 우울이 견딜 만해지진 않았다. 우울이 무언가를 앗아갔지만 지나고 보면 어떤 것은 없는 편이 나았다. 우울로 얻은 것과 잃은 것을 아

---

[*]   이 책에서 살피는 '우울'이라는 단어의 지형은 우울장애depressive disorder가 아닌 정서로서의 우울감·비애melancholy에 가깝다.

직도 정확히 셈하지 못한다. 다만 우울에 관한 흔한 오해―우울이 단지 축축하고 기분 나쁜 상태, 단절과 고립을 가져오는 동굴 같은 곳이기만 하다는―에 관해서는 할 말이 있다.

이십 대를 지나며 여러 장소를 전전했다. 이 동네에서 저 동네로, 이 도시에서 저 도시로. 어딜 가든 많이 걸었다. 밑창이 얇은 신발을 신고, 계절에 따라 달아오르고 식는 땅을 발바닥으로 가장 먼저 느꼈다.

걷는다는 것, 그것은 내가 장소를 사랑하는 방식이다. 언젠가 비탈 동네에 살게 되었을 때 한동안은 일부러 가파른 길로만 다녔다. 내가 사는 이곳을 미워하지 않으려면 무엇보다 다리의 힘이, 매일 똑같은 길 위에서 새로움을 발견하는 마음의 눈이 절실했다.

벗어나지 못하면 걷기라도 해야지. 어둠이 내린 거리를 헤집고 다녔던 숱한 날들. 하지 못한 말과 고쳐 하고 싶은 말이 날마다 산적해서 걷는 동안 나는 중얼거리며, 간혹 울먹거리며 지나온 모든 시간을 '새로고침' 하고 싶어 했다. 돌아가서 처음부터 다시 하고 싶어 했다.

불가능하다. 우리는 앞으로만 걸을 수 있다. 희망도 다짐도 앞으로 던져야 한다. 그걸 몰라서 희망도 다짐도 잘하지 못했다. 우울은 내 안에 닻을 내리고 매번 내가 바라는 것보다 오래 머물렀고, 사람들이 각자의 희망과 다짐을 앞에 던져놓고 그걸 확인하러 달려가는 걸 보면서도, 나는 벗어날 수 없는 여기를 걸어 다녔다.

걷다 보니 알게 되었을 뿐이다. 우울이라는 장소의 지형에 관하여. 우울의 동쪽과 서쪽, 남쪽과 북쪽, 산과 들, 바다와 언덕에 관하여. 그곳에는 어둡고 축축한 동굴 말고도 풀밭이, 풀밭 위로 치마폭을 일렁이는 태양이, 태양이 사라지면 자욱이 깔리는 안개가, 그 안개가 골짜기를 타고 내려오는 산이 있다. 산에는 밤나무가 무리 지어 살고, 그들이 내어준 햇밤으로 어느 해 가을을 잘 살았다. 작게 노래 부르며 걷기 좋은 서쪽 바다, 늦여름 잔향이 오래 맴도는 북쪽의 숲과 들도 물론 빼놓을 수 없지만 끝에는 동네로 돌아왔다. 언덕 위 동네, 강 근처 동네, 골목이 미로 같은 북동쪽 동네… 돌아올 때마다 새로운 나선을 그리며, 우울을 벗어나지 않고도 멀리 갔다. 우울을 데리고 먼 데까지 갔다.

풍경들이, 안보다 너른 바깥이 있어서 갇히지 않았다. 우울이 항상 내면에 갇히는 방식으로 작동하는 것은 아니다. 어떤 우울은 열린 상태를 요구했다. 계속해서 흔들리기를, 사소한 것에 관해서조차 단언하지 못하기를 원했다. 우울은 어떤 것의 좋은 면보다 나쁜 면을 먼저 보게 했고, 믿을 만한 이름 뒤에 우리가 숨겨둔 것들을 끄집어내 부려놓았다. 사랑이라는 이름으로 횡행하는 폭력, 자기 위안에 불과한 위로, 오직 본인만을 위해 발동하는 옹졸한 용기를 눈앞에 펼쳐 보였다.

그래서 어려웠다. 뒤틀린 사랑이 있음을 알고도 사랑을 믿는 일이, 위로와 용기의 이면을 알면서도 위로하거나 위로받고 용기를 내는 일이 불가능하게 느껴졌다. 그러나 그것들 없이 사는 일도 마찬가지로 가능하지 않았다. 사랑 없이, 위로를 하지도 받지도 못하면서, 한 줌의 용기조차 없이 불확실한 시간을 가로지르는 일은 고달팠다. 여전한 우울 안에서 모든 것을 새롭게 보는 수밖에 없었다.

산책이야말로 익숙한 장소에서 이방인이 되는 가장 쉬운 방법이므로, 내가 아는 사랑과 위로와 용기가 새로운 무언가로 보일 때까지 걷고 또 걸었다. 걸을수록 아는 것은 줄고 모르는 것이 늘었다. 지난 시간과 나 자신에 대해서도 마찬가지였다. 한참 걷다 돌아오면 무언가가 달라져 있었다. 익숙했던 풍경이 눈에 설게 느껴졌다.

이 책은 걷는 동안 마주한 우울의 낯선 풍경, 그 생소한 지형을 표시한 지도다. 알 수 없게 되어버린 우울의 면면을 연신 들여다보던 그 시간이, 실은 희망과 다짐을 앞으로 던지는 시간이었음을 이제는 안다.

살면서 걸었던 무수한 길을 떠올려본다. 길 위를 헤매며 얻은 것이 새로운 풍경만은 아니었다. 손가락 사이로 빠져나가는 익숙하고 자명한 세계를 보며, 내가 느낀 것은 분명 기쁨이었다. 쥐고 있던 것을 놓았을 때, 아는 것을 잊고 끝까지 갔을 때 얻어지는 불가사의한 기쁨. 보람이나 의미와는 상관 없는 것이었다.

나는 이제 그러한 기쁨을 기다리고 있다. 지금 막 던져진 나의 희망과 다짐이 내게 등을 돌리는 순간을, 아직 도래하지 않은 그 풍경을 비밀스럽게 기다린다. 그리하여 미래의 어느 날에, 삶이 내가 기대했던 그 무엇과도 닮지 않은 모습으로 나를 저버린다면…. 그 낯선 풍경 앞에서 나는 기분 좋은 무력감에 휩싸일 것이다. 새로이 걸어볼 길도, 사랑할 것도 한이 없는 세상 속에서 특별하고 불가해한 기쁨에 겨울 것이다.

2022년 가을

문이영

차례

태양

읽고 쓰는 일의 아름다움은 나약함을 인정하는 과정에 있다.

내가 얼마나 다른 모든 것에 의존하고 있는지 깨닫고,

단독자로서의 내가 아니라 의존자로서의 나를 의식하는 과정이다.

고대인들은 햇빛에 치유 능력이 있다고 믿었다. '헬리오테라피heliotherapy'는 고대에 시행되었던 광선치료를 일컫는 단어로, 그리스 태양의 신 헬리오스의 이름에서 비롯되었다. 2세기에 살았던 그리스 의사 아레타이우스Aretaeus는 이렇게 썼다.

"무기력증에 시달리는 사람은 빛이 드는 곳에 눕히고 햇볕을 쬐도록 해야 한다. 어둠은 병의 원인이다."

햇빛을 중요하게 생각했던 이들은 건물을 지을 때도 최대한 햇빛을 많이 받게끔 설계했다. '일조권'은 이미 로마 시대에도 있었는데, 덕분에 사람들은 집에 햇빛이 드는 것을 권리로 보장받았다.*

———————

*   노먼 도이지, 《스스로 치유하는 뇌》, 장호연 옮김, 동아시아, 2018.

아침에 일어나면 가장 먼저 해가 떴는지 확인한다. 블라인드 사이로 햇빛이 새어 들어오는 것을 보니 오늘은 다행히 맑은 날이다. 눈을 떴을 때 밤인 듯 어두컴컴한 방을 마주하는 아침이면 하루를 시작하기도 전부터 힘이 빠진다. 그렇다. 나는 날씨, 정확히는 햇빛에 그날의 기분이 좌우되는 사람이다. 일조량에 의존적인 내가 한국에서 태어난 걸 다행으로 여길 때가 많다. 영국처럼 흐린 날이 잦은 나라에서 태어났다면 침울한 기분을 고질적인 기질로 오해하며 살았을 테니 말이다.

　일조량에 따라 기분이 왔다 갔다 하는 사람으로 산다는 건 예민하고 감정 기복이 심한 스스로에게 평생을 적응해야 함을 뜻한다. 삶에서나 감정에서나 기복은 환영받는 일이 거의 없다. 숨겨야 하는 감정이 많아 어려서부터 외로웠다. 비단 햇빛 때문만은 아니었을 것이다. 모든 집이 그렇듯 우리 집에도 남에게 설명하기 힘든, 해결하기는 더 힘든 일들이 있었다. 그런 일들이 나를 일찌감치 자라게 만들었는지도 모르겠다. 어쨌든 나에겐 아이다운 구석이 부족했고, 나도 그 점을 모르지 않았다. 애가 애답지 않은 게 흠이 되곤 한다는 사실도.

유일하게 좋은 점이라면 자연의 변화를 민감하게 알아채는 아이가 되었다는 것. 사파이어 블루에서 보라색으로, 그러다 느닷없이 투명하게 환해지는 동틀 녘 하늘, 아이들의 웃음소리와 함께 멀리서 어른거리는 오월의 온기, 여름을 예고하는 유월 저녁의 기분 좋은 눅진함, 낙엽이 가을바람에 회오리를 일으키며 몰려다니는 광경, 겨울 햇볕에 눈 녹는 소리. 이 모든 덧없는 사실을 남몰래 알게 되는 기쁨.

그중에서도 유독 햇살에 마음을 빼앗겼다. 시간과 장소에 따라 섬세하게 색과 질감을 달리하는 햇살의 모습이 나를 매료시켰다. 햇살은 나에게 가장 매력적인 피사체였다. 학교에서 돌아오면 교복도 갈아입지 않고 카메라부터 찾았다. 엄마, 아빠 몰래 장롱 깊숙이 숨겨진 카메라를 꺼낼 때면 가슴이 두근거렸다.

햇살은 텅 빈 집 여기저기를 조용히 파고들었다. 부엌 창틀에 아늑하게 등을 기댄 햇살은 유리컵 가장자리에 닿아 투명하게 두꺼워지고, 낮은 자세로 바닥을 밀고 들어와 어둠 속 먼지를 부드럽게 흔들어 깨웠다. 바깥으로 나가면 조금 더 동적인 햇살을 찍을 수 있었다.

들락날락하며 풀밭 위로 치마폭을 일렁이는 햇살, 모래밭에 닿아 점점이 반짝이는 햇살. 아파트 담장을 따라 심긴 나무가 바람에 흔들리면 잎사귀 아래로 햇살의 그물도 요동쳤다.

종종 나 자신을 찍기도 했다. 콧잔등을 넘지 못한 햇살이 만들어낸 그늘과 속눈썹 사이로 비쳐 들어와 부서지는 빛의 가루, 햇살 아래 여지없이 드러나는 피부의 결, 미세한 주름, 솜털 같은 것. 나도 미처 몰랐던 내 모습이 있었다. 햇살 속에서 햇살을 찍으며 무언가를 자세히 보는 법을 배웠다. 또 외로운 시간을 견디는 법과 혼자가 되는 법을 배웠다. 어쩌면 다 같은 것인지도 모른다.

열여섯 살에 처음 요가를 접했다. 하굣길에 친구와 헤어지고 집으로 가는데 못 보던 입간판이 눈에 띄었다. '아유르베다 요가(5F)'. 아유르베다가 뭔지, 요가는 또 뭔지, 아무것도 모르면서 이상하게 눈에 밟혔다.

뜻 모를 단어 두 개가 합쳐진 그곳에 대한 호기심을 이기지 못하고 용기를 내 걸음한 그날은 아침부터 흐리더니 오후에는 비가 억수로 내렸다. 물이 뚝뚝 흐르는 우산을 쥐고 서성이길 10여 분, 문에 귀를 바짝 대고 안에서 나는 소리를 엿듣길 다시 10여 분. 20여 분 만에 문을 밀고 들어간 공간에서 처음 맡아보는 좋은 향기가 났다. 책가방을 멘 채로 쭈뼛쭈뼛하고 있으니 어디선가 맨발의 여성이 조용하고 가벼운 동작으로 다가왔다.

"안녕하세요. 이리로 오시겠어요?" 그녀가 권하는 대로 널따란 나무 테이블 앞에 앉았다. 시간표를 보여주고 수강료 얘기를 꺼낼 줄 알았는데 차를 내어주겠다고 했다. 요가를 해본 적 있는지, 여긴 어떻게 알고 왔는지, 그녀가 몇 가지 질문을 하는 사이 투명한 유리 주전자에 차가 우러났다. "수업이 끝난 후에 이렇게 차를 내드린답니다. 앉아서 마시고 가면 좋지요." 차를 마시며 들은 요가에 관한 설명은 알 듯 모를 듯 했고, 요가는 운동이 아니라 명상이라는 점이 중요한 것 같았다. "마침 지금 수업하고 있는데, 잠깐 구경할래요?" 그녀를 따라가자 복도 뒤편의 어둑한 방에서 스무 명 가까이 되는 사람들이 일제히 같은 동작을 취하고 있었다. "옷은 편한 거 아무거나 입고 오시면 돼요." 그녀가 말했다.

그렇게 뭣도 모르고 시작한 요가에서 숨 쉬는 법부터 배웠다. 공기를 들이마시면서 흉곽을 풍선처럼 부풀렸다가, 코로 천천히 뱉으면서 갈비뼈를 조이는 느낌으로 몸통을 납작하게 만들었다. 들숨과 날숨에 집중하며 느리게 시작한 호흡은 점차로 빨라졌고 더 이상 빨라질 수 없을 때 하-아! 하는 소리와 함께 끝났다. 한번은 선생님이 놋그릇과 나무 막대를 들고 오셨다. 나무 막대가 놋그릇을 칠 때마다 묵직한 쇳소리가 공간을 감돌았다. 우리는 선생님이 시키는 대로 다 같이 소리 내어 '옴' 했다.

"자신이 나무가 되었다고 상상해 봅니다. 땅속 깊이 뿌리를 내려 흔들리지 않습니다. 위로는 하늘에 닿을 듯이 높이 뻗어 있습니다."

요가를 하며 나 아닌 것들이 되었다. 나무, 비둘기, 나비, 태초의 인간이나 용맹한 전사, 배 속의 태아가 되었다. 땅과 연결되고 하늘에 닿았다. 어둠에 잠기고 바람에 흔들리며 무럭무럭 자랐다. 눈을 감으면 나는 더 큰 테두리 안에서 절대로 혼자일 수 없었다. 태양과 흙, 바람과 물이 나를 기르고 보살폈다. 새와 물고기, 나무와 고양이가 내 형제였다.

요가에는 동작마다 이름이 있는데 주로 그 연원이나 자세의 형태적인 특징에 따라 자연 만물의 이름을 차용한다. 고양이가 기지개 켜는 모습과 비슷한 고양이 자세는 요가를 잘 모르는 사람에게도 친숙한 단어다. 태양의 이름을 딴 자세도 있다. 수리야 나마스카라는 인도의 태양신을 뜻하는 Sūrya와 인사 또는 경배를 뜻하는 Namaskāra가 합쳐진 단어로, 우리말로 번역하면 태양경배 자세다. 내가 가장 좋아하는 자세다.

두 발을 모으고 바로 서서 합장한 손을 머리 위로 쭉 뻗는다(ㅣ). 가슴이 무릎에 닿도록 몸을 반으로 접고 두 손으로 바닥을 짚는다(ㅇ). 한 발씩 뒤로 보내 몸을 시옷(ㅅ)으로 만들었다가, 플랭크 자세(ㅡ)로 몸을 바닥에 최대한 낮춘다. 하체는 그대로 바닥에 붙인 채 팔을 쭉 펴서 상체만 들어 올린다(ㄴ). 다시 한 발씩 앞으로 가져와 몸을 반으로 접었다가(ㅇ) 머리 위로 합장한다(ㅣ).

크게 보자면 서서 합장한 후 바닥으로 엎드렸다가 다시 일어서는 동작인데, 마치 태양을 향해 절하는 모습 같다. 환한 햇살 아래 태양에 경배를 드리는 고대인을 상상해 본다. 생명의 근원인 태양에 경의를 표하고 자신 안에 깃든 생명력을 흠뻑 감각하는 모습. 동작의 처음과 끝이 같다는 특징 덕분에 연결해서 반복하면 부드러운 등허리와 너그러운 마음을 가질 수 있다. 중요한 하루의 시작에 의식처럼 행한다. 사랑하는 이를 만나는 날, 혹은 글을 쓰는 날.

대학 시절 생화학 수업에서 비타민에 대해 배운 적이 있다. 생명을 뜻하는 라틴어 vita에서 유래한 비타민 vitamin은 생명을 유지하는 데 꼭 필요하지만 체내에서 만들 수 없어 외부로부터 섭취해야 하는 물질이다.

비타민 D는 이 정의를 비껴가는 비타민으로 유명하다. 충분한 햇볕을 쬐기만 하면 우리 몸은 스스로 비타민 D를 만들 수 있다. 비타민 D는 머리부터 발끝까지 관여하지 않는 곳이 없지만 특히 면역과 직결된다. 면역세포에 비타민 D만을 인식하고 받아들이는 전용 안테나(생물학 용어로 수용체receptor)가 따로 있을 정도다. 실제로 비타민 D의 투여만으로 다양한 자가면역질환의 개선을 기대할 수 있다. 충분한 양의 햇빛이 비타민 D

의 체내 합성과 면역력 증진으로 이어지는 것이다. 인간은 생래적으로 햇빛 의존적 존재다.

고대 신화에서 현대 의학에 이르기까지, 인간의 몸과 마음이 햇빛과 결부되어 있다는 발견은 자연과의 연결 고리를 잃어버린 우리 세대에게 낯설게 들린다. 드물지만 그 관계를 회복하는 순간이 찾아온다. 사진을 찍거나 요가를 할 때, 혹은 읽고 쓸 때.

읽고 쓰는 일의 아름다움은 나약함을 인정하는 과정에 있다. 내가 얼마나 다른 모든 것에 의존하고 있는지 깨닫고, 단독자로서의 내가 아니라 의존자로서의 나를 의식하는 과정이다. 신기하게도 나약함은 숨길 때는 나약함일 뿐이지만 인정하고 받아들이고 나면 힘이 된다. 무언가를 억누르고 제압하는 힘이 아니라 나와 너를 일으키고 끌어안는 부드러운 힘이다. 이길 때만 이기는 것이 아니라 지면서도 이길 수 있음을 아는 지혜. 언제든 다시 시작할 수 있다는 믿음이다.

비타민 D의 또 다른 이름은 sunshine-vitamin이라고 한다. 햇빛을 받아야 생성되는 비타민, 햇빛에 의존하는 비타민이라서 붙은 별명이다.

내 이름 두 글자 앞에도 내가 의존하고 있는 것, 나 아닌 것과의 연결고리가 붙어 있다. 아버지로부터 물려받은 성姓, 물려받지 못한 어머니의 성. 그 밖에 햇살, 바람, 흙, 물처럼 인간 모두가 누락하고 있는 공통의 성. 새와 물고기, 나무와 고양이와 공유하는 우리의 기원.

나무

인간인 내가 인간 아닌 이 땅의 수많은 존재들,

가령 한 그루의 나무보다 특별할 이유는 조금도 없다.

기쁨에 종류가 있다면 이런 깨달음이 선사하는 기쁨은

내 존재를 부풀리고 과시하면서 얻는 기쁨과는 분명 다른 기쁨,

말하자면 차갑고 고요한 기쁨일 것이다.

나무를 보며 계절을 센다. 나무만큼 계절의 변화를 여실히 드러내는 존재가 또 있을까. 마른 나뭇가지를 뚫고 연한 새순이 돋아나면 그것은 사월이다. 비와 햇빛을 번갈아 맞으며 기세 좋게 뻗어나가는 진녹색 잎사귀는 칠월의 다른 이름이다. 그러다 찬바람 불어 그 많던 잎사귀들 죄 떨어지고 나면 나는 어느새 십일월의 한가운데에 서 있는 것이다. 나보다 커다란 존재를 보고, 그가 내는 소리를 듣고, 그가 떨구는 존재의 일부를 밟거나 혹은 주워서 책 사이에 끼우며 네 번의 계절을 보낸다. 그렇게 한 해를 산다.

때로 그 거대한 생명체가 지나온 숱한 계절을 헤아리고 또 금세 포기하는 일은 나의 공연한 취미다. 현존하는 나무 중 수령이 가장 오래된 나무는 캘리포니아에 있는데 4800살이 넘는다 한다.* 나무가 그토록 오래 산다는 게 위안이 된다. 내 삶보다 유구한 무언가, 이를테면 한 그루의 나무에 비하면 내 인생은 찰나라는 것. 그런 걸 생각하면 버거운 삶도 잠시나마 가뿐해진다.

최초의 나무는 어쩌면 오늘날의 야자수와 비슷하게 생겼을 것이라는 이야기를 또 다른 곳에서 읽은 적이 있다.[**] 야자수라니, 제법 친근하게 여겨지기도 하지만 키가 10미터나 되었다고 하니 홀로 그렇게까지 자라야만 했던 이유가 따로 있었던 걸까. 게다가 데본기 중엽이라는 이름조차 생소한 시대, 그러니까 약 3억 9000만 년 전에 살았다는데, 이쯤 되면 최초의 나무란 우리 집 앞에 있는 이팝나무보다는 우주 저 멀리 있을지 모를 미지의 행성에 더 가깝게 생각되는 것이다. 과학자들이 화석을 토대로 재구성하여 밝혀냈다는 이와 같은 사실을 곱씹다 보면 나무가 살아 있는 공룡 같은 존재로 생각되어서 나무에 가만히 손을 갖다 대는 일이 전과 다르게 신비롭게 느껴진다.

[*]   Tatiana Schlossberg, "Celebrate Earth Day With a 4,800-Year-Old Tree(If You Can Find It)", 〈The New York Times〉, 2016. 4. 22.

[**] Ker Than, "World's First Tree Reconstructed", 〈Live Science〉, 2007. 4. 18.

동시에 슬프기도 하다. 그처럼 유구한 존재에게 허락된 자리가 너무도 초라해서다. 보도블록 사이 한 평도 되지 않을 흙바닥에 심긴 나무는 한낱 눈요깃거리에 불과하다. 도시라는 공간의 특성 때문인지도 모른다. 도시는 인간의, 인간에 의한, 인간을 위한 공간이므로 오직 인간과 인간이 만든 것으로 가득하다. 둘러보면 사방이 우리 아니면 우리를 닮은 것뿐이다. 낯선 존재가 사라진 세계에서 우리는 어딜 가도 우리 자신과 마주친다. 우리는 우리로부터 벗어날 곳이 없다.

몇 달 전, 한가하던 차에 근방에서 제법 유명하다는 산에 갔다. 걸어가기엔 먼 거리라 산 입구까지 버스를 탔다. 잘 모르는 노선의 버스에 올라 생소한 길을 달리자 15분 거리인데도 멀리 나서는 듯했다. 산으로 둘러싸인 곳에서 나고 자랐기에 산에 대해 특별한 감정은 없다고 생각했는데 벌이 흔한 고장에 산 지 수년째, 문득문득 산이 그립다.

도시에 있는 나지막한 산이라 큰 기대를 하지 않았음에도 가까이 가서 보니 산은 산이구나 하는 생각이 절로 들었다. 다가갈수록 크고 높아지는 산 앞에서 나는 점차로 작아졌다. 누가 봤다면 내가 산속으로 사라지는 것처럼 보였을 것이다. '산속으로 사라진다'는 표현은 여러모로 알맞다. 실제로도 사라지는 느낌이기 때문이다. 바깥에서 볼 때만이 아니라 내면에서도 많은 것들이 사라진다.

이왕 온 김에 정상까지 가기로 하고 꼭대기에 있다는 정자를 향해 걸음을 옮겼다. 질거나 마른 흙, 크기와 모양이 제각기 다른 돌, 종류별로 무리 지어 자라난 풀이며 꽃과 그 사이를 기어 다니는 벌레까지, 걸음걸음에 나와 전혀 다른 존재들이 주변을 빽빽하게 에워쌌다. 도시에서는 볼 수 없었던, 설령 있다 하더라도 눈에 들어오지 않았을 존재들이 저마다 생명력 가득한 모습을 뽐내고 있어서, 나는 나에 대한 생각을 할 겨를도 없이 기꺼운 마음으로 나를 잊었다. 스스로를 잊음으로써 얻어지는 기쁨은 산을 오르며 알게 된 여러 기쁨 중 하나다. 그것은 또한 지리학 책을 읽으면서 누렸던 즐거움과도 닮았다.

지리학geography은 지구geo와 기술하다graphy라는 단어가 합쳐진 이름으로 '지구에 대한 기술'을 의미하는 그리스어에서 유래했다. 날마다 지구에 대해 무언가를 적어 내려가던 지리학자들은 말하자면 '지구 기술가'였던 셈이다. 그들의 기록 덕분에 강이 굽이치며 흘러가는 이유나 깎아지른 절벽의 기원을 우리는 쉽게 납득한다. 태양과 달의 움직임에 따라 오르내리는 바닷물의 높이와 계속해서 달라지는 해안의 모양을 당연하게 예측한다.

다만 내가 짐작하기 어려운 것은 날마다 온통 낯선 것, 미지의 것으로 가득한 세상을 마주했을 지구 기술가들의 삶이다. 뭐든 쉽고 당연한 세상에서만 살아온 나로서는 크고 둥근 지구를 탐구하며 그들이 느꼈던 환희를 헤아리기 어렵다. 지리학 책을 읽는 즐거움의 절반은 그 환희를 막연하게나마 그려보는 데 있다.

지리학 책에서는 열대우림기후를 다음과 같이 서술한다. "열대우림기후의 특징을 가장 단순하게 표현하면 '단조로움'이다. 이것은 계절이 없는 기후다. … 밤이 열대의 겨울이다." 이런 설명도 있다. "아침은 전형적으로 쾌청하게 시작한다. 적운은 아침 늦게 발생하여 오후에 적란운 모루구름으로 발달하면서 맹렬한 대류성 폭풍

우가 된다. 늦은 오후에 구름은 점차 흩어져서 저녁 하늘에 부분적으로 있고 현란한 일몰이 나타난다. 구름은 밤에 다시 나타나 야간 뇌우를 생성한다. 다음 날도 쾌청하게 동이 터서 이 패턴이 반복된다."[*]

인류 최초로 열대우림의 기후를 관찰하는 한 연구자를 상상해 본다. 그는 낯선 정글 속에서 저 자신에 관한 것은 까맣게 잊은 지 오래다. 여러 낮과 밤을 거치며 보고 들은 것을 그때그때 수첩에 잘 메모한다. 아침의 공기, 일몰의 빛깔, 구름의 모양, 비와 바람의 세기에 관한 사실들을. 연구 주제와 관련은 없지만 높은 확률로 다음과 같은 것들도 적혀 있을 것 같다. 초록은 하나의 색이 아니라는 깨달음, 초록의 빛깔만큼 혹은 그보다 더 많은 종류의 새들, 새들이 우는 소리와 날거나 잠드는 몸짓을 향한 탄복.

자연과학이 아름다운 이유는 그것이 기본적으로 바깥에 대한 관심에서 출발하기 때문이다. 후에 악용될지라도 그 시작에는 어떤 순수함이 있다. 나무, 산, 암석,

---

[*]   Darrel Hess, 《McKnight의 자연 지리학》(제12판), 윤순옥 외 옮김, 시그마프레스, 2019.

강, 바다, 동물, 식물, 곤충, 그 밖의 모든 미생물까지. 나를 뺀 세계에 대한 호의, 손익을 따지지 않는 호기심이 거기에 있다. 그리고 바깥을 이루는 것들이 내 안에도 있다는 자각에서 완전한 기쁨을 얻는다.

인체생리학을 공부하면서 새삼 놀랐던 점은 생명을 유지하기 위해 인간이 자연으로부터 섭취해야 하는 물질, 바로 그 물질들로 내가 만들어졌다는 사실이다. 인체는 물, 단백질, 지질, 탄수화물 등으로 구성되어 있으며, 미량이긴 하지만 칼슘, 구리, 코발트와 같은 광물질도 중요한 구성 요소다. 이는 사람이 살아가기 위해 자연으로부터 섭취해야 하는 물질의 종류와도 같다. 밥을 먹을 때마다 숟가락 위에 얹은 것들을 보며 생각한다. 이것은 '나'다! 내지는 '머잖아 내가 될 것들'이다! 체내 세포들이 짧게는 수일에서 수주, 길게는 수년에 걸쳐 신체가 흡수한 물질을 바탕으로 새로이 생성된다는 점을 생각하면 정말로 그러하다.

내 바깥의 것들로 내가 만들어졌다는 사실은, 바깥의 낯선 존재들과 내가 조금씩 닮아 있고 또 연결되어 있다는 걸 의미한다. 나는 그 사실을 내 안에 하늘도 있고 바다도 있고 돌도 있고 나무도 있다는 의미로 받아들였다. 그러므로 인간인 내가 인간 아닌 이 땅의 수많은 존재들, 가령 한 그루의 나무보다 특별할 이유는 조금도 없는 것이다. 기쁨에 종류가 있다면 이런 깨달음이 선사하는 기쁨은 내 존재를 부풀리고 과시하면서 얻는 기쁨과는 분명 다른 기쁨, 말하자면 차갑고 고요한 기쁨일 것이다.

바람이 많이 불던 어느 일요일에는 시가지 끝자락으로 가서 시간을 보냈다. 벽돌 무더기 위에 앉아서 구름이 빠르게 지나가는 모습을 바라봤다. 잿빛 하늘에 흩어진 여러 구름 중 하나를 마음속으로 정하고 구름이 가는 길을 눈으로 좇았다. 구름은 황무지 끝에서 등장해 내 머리 위를 지나 아파트 단지 너머로 사라졌다. 그 모든 과정을 지켜보는 데 10분도 채 걸리지 않았기 때문에 나는 새로운 구름의 등장과 퇴장을 잇달아 지켜보았다. 내가 앉아 있는 벽돌 무더기는 도로 보수 공사가 끝난 후 남은 벽돌들을 아무렇게나 쌓아둔 것으로, 이쪽으로는 사람이 오지 않아 혼자 있기 좋았다. 그 높이가 제법 되어서 위에 올라가면 담장 뒤편으로 펼쳐진 황무지가 멀리까지 보였다.

사람 손을 타지 않은 땅이 대개 그렇듯 황무지에는 다양한 존재들이 산다. 작은 참새나 회갈색의 비둘기는 물론이고 밤마다 구우구우 하고 우는 이름 모를 새도 그중 하나다. 여름이 가까워 오면 온갖 풀벌레들이 떼창을 하는데 소리만 들릴 뿐 보이지는 않는다. 멀리서 가만히 응시하고 있으면 숨은 존재들이 만들어내는 풀이나 나무의 작은 움직임이 보인다. 하지만 가까이 다가가면 도망칠 게 분명하다. 자신만의 영역을 만들고 그곳에 제 몸을 숨기는 일은 살아 있는 것들의 본능이다.

황무지로부터 불어오는 바람이 점점 거세지고 있었다. 나뭇가지들이 서로 엉겨 부딪히며 뚜두닥딱 소리를 냈다. 여린 풀들은 바람을 이기지 못하고 일제히 바닥으로 누웠다. 새들이 여기저기서 소란스럽게 날아올랐다. 저마다 보금자리로 찾아드느라 분주했다. 당장이라도 빗방울이 떨어질 것 같았다.

길들여지지 않은 세계를 확인하고 싶을 때마다 이곳에 온다. 내가 모르는 게 많고 결코 다 알 수도 없다는 사실이 위안이 된다. 신비하고 낯선 무언가, 경외할 무언가가 남아 있다는 것. 그것은 '나'로부터 벗어날 수 있게 해주는 구원이자 한 그루의 나무가 우리에게 하는 약속과도 같다.

햇밤

마음속에 떠오르는 것은 많은데 정작 그것들이

곁에 없음을 깨닫게 하는 계절.

가을에는 없는 것들에 대한 마음으로 깊어진다.

텅 비어가는 가운데 짙어지는 것도 있음을 가을로부터 배운다.

입추는 진작에 지났고 백로가 닷새 전이었으므로 여름은 오래전에 끝났는지도 모르겠다. 뉘엿뉘엿하는 해를 보다가 맥없이 가버린 여름이 아쉬워 쌀 한 컵에 보리 반 컵을 씻어서 불려놓고 밖으로 나왔다.

겪어본 중 손에 꼽게 맹숭맹숭한 여름이었다. 연일 퍼붓던 비가 그치고 뒤늦게 찾아온 무더위도 잠시, 쌀쌀한 새벽 공기에 자다 일어나 창을 닫았던 것이 이미 보름 전 일이다.

여름은 떠났으나 들에는 여름 냄새가 남아 있다. 태양이 황도를 따라 움직인 각도만큼 서늘해진 땅 위에서 여름의 냄새가 천천히 썩는다. 썩으면서 짙어지고 동시에 말라간다.

수풀 사이를 걸으며 온갖 자라는 것들을 본다. 옥수수가 그사이 여물었고 콩깍지는 튼실해졌다. 다들 열심히 자라고 있구나, 햇빛과 비와 바람을 맞으며 자라고 있었구나. 내 생활은 안온하고 협소했는데, 다들 무언가를 이겨내고 있었구나. 바깥을 걷다 보면 알게 된다. 나는 너무 많이 불평했다.

　낮에 있었던 일이다.

　장을 보러 갔는데 처음 보는 아저씨가 햇밤을 팔고 있었다. 한 바구니에 오천 원. 굵은 펜으로 눌러 쓴 글씨 뒤로 바구니 가득 담긴 밤을 보면서, 밤이 나오다니 정말 가을이구나 생각했다. 마트에서 파는 잘 손질된 매끈한 밤이 아니라 가시가 잔뜩 달린 옷을 입고 나온 모습이 눈길을 끌었다. 가까이 가서 보니 어떤 밤송이는 푸른빛이 더 많이 돌았다. 오복소복 쌓인 밤송이 사이로, 함께 딸려 들어온 모양인지 밤나무의 것으로 짐작되는 이파리도 간혹 보였다.

　내 앞에 놓인 밤들이 너무나 생생해서 밤이 태어나 자란 곳을 쉬이 상상할 수 있었다. 그곳은 새벽안개가 골짜기를 타고 내려오는 가을 산. 다저녁때 이슬로 풀숲이 젖는 가을 산. 밤송이 아람 벌어지는 소리 무시로 울리는 가을 산. 그곳에 밤나무가 산다. 푹신한 낙엽 위로 밤송이를 떨어뜨리는 밤나무가 한 그루, 두 그루, 세 그루….

무리 지어 살아가고 있는 밤나무들을 상상하다가 그만 깨어나 현실로 돌아온 것은 아저씨의 목청 때문이었다. 살 것 같은 모양새를 하고 파라솔 아래를 기웃거리자 안 그래도 우렁찬 아저씨 목소리에 갈수록 활기가 돌았다. "여기 다 오천 원! 마음에 드는 걸로 가져가요."

그렇게 밤을 사온 것이다. 푸르스름한 가시를 보다가, 이파리의 출처를 궁금해하다가, 그것이 살았을 곳을 상상하다가. 얼떨결에 그러니까 실수로. 아저씨의 목청, 그보다는 가시 사이로 빼꼼 보이던 송이밤이 눈에 밟혀서 에라 모르겠다, 계획에 없던 밤을 바구니째 사고 말았다.

밤이라는 것이 원래 집에 들이면 계속 생각이 나게 마련인 건지, 밤을 처음 사본 나는 틈만 나면 밤을 생각했다. 글을 쓰다가도, 냉장고 문을 열다가도 불쑥불쑥 떠올라서 베란다에 나가 밤송이들이 잘 있나 확인했다. 나간 김에 창가에 붙어 서서 바람을 맞고 하늘을 올려

밤나무

다봤다.

그러는 동안 가을을 곱씹었다. 내가 밤을 생각할 때마다 가을도 쫓아와서 내 곁을 기웃거렸다. 실수로 산 밤 한 바구니 때문에 나는 온종일 밤과 가을을 생각하는 사람이 되었다. 그런 사람이 된 것이 기뻤다. 어처구니없게도 잘 살고 있다는 기분마저 들었다.

비슷한 일화를 알고 있다.

어쩌다 산 밤을 온종일 생각하듯, 5년 전 어쩌다 알게 된 이야기를 여태 기억하고 있다. 실수가 카페 이름이 된 이야기다.

지상에서 세 발짝 밑으로 내려가 커다란 문을 밀면 들어갈 수 있었던 카페의 이름은 '카바레 마키아토'. 카라멜 마키아토를 '카바레' 마키아토로 발음하고 만 친구의 말실수를 카페 이름으로 해버렸다는 이야기는 얼마나 멋진지. 환승역이 가깝거든요, 주변에 맛있는 식당이 많답니다. 갖은 핑계를 대 그곳에서 약속을 잡은 후 카페 이름에 얽힌 이야기를 사람들에게 들려주는 일은 나의 오롯한 기쁨이었다.

카바레는 아니지만 어쨌든 카바레이기도 하니까, 그런 이유로 간판 주위에 알전구를 달고 입구에 미러볼을 설치한 카페여서 좋았다. 무대도 무희도 없이 홀로 돌아가는 미러볼 앞에서 생카라멜이 잔뜩 올라간 카바레, 아니 카라멜 마키아토를 여러 잔 마시며 어느 해의 여름을 보냈다.

여름다운 여름이었다. 주로 바깥에 머물렀고 대체로 걸어 다녔다. 발등이 새카맣게 타도록 걸어 다니던 동네가 생각난다. 교회와 옷 가게, 병원과 꽃집, 미용실과 삼겹살집… 평범하고 이질적인 상점들이 차례로 이어지는 번잡한 대로가 특징인 동네였다. 하지만 사거리를 두 번 지나, 과일과 생선과 휴지 따위를 같이 파는 슈퍼를 보면서 오른편으로 꺾어 들면 전혀 다른 길도 있었다.

잎사귀들이 만드는 그림자와 어룽어룽하는 빛이, 걷는 동안 이마와 눈두덩을 쓰다듬고 등허리를 따라 툭 떨어지는 곳. 줄지어 늘어선 벽돌 빌라들이 오래된 나무들과 나란히 늙어가는 한적한 길을 걸으며, 젖었다 마르길 반복하느라 느른한 마음을 뉘었다. 매미가 울음을 그칠 적마다 뒤를 돌아보고, 조용히 흔들리는 여름의 빛과 어둠을 보는 일이 그해 여름 내내 반복됐다.

카바레 마키아토는 그 길을 도로 빠져나와 번잡한 대로를 건넌 다음 15분을 걸어 도착하는 거리에 있었다. 여름다운 여름이었으나 가을마다 생각나는 이유는 지금은 없어진 곳이어서다.

마음속에 떠오르는 것은 많은데 정작 그것들이 곁에 없음을 깨닫게 하는 계절. 가을에는 없는 것들에 대한 마음으로 깊어진다. 마냥 없기만 한 것은 아니다. 썩으면서 사라지고 사라지면서 짙어지는 여름의 잔향처럼, 텅 비어가는 가운데 짙어지는 것도 있음을 가을로부터 배운다.

그런가 하면 졸아들면서 깊어지는 맛은 어쩌다 맛본 무화과 케이크가 가르쳐주었다. 작고 둥근 접시에 담겨 나온 무화과 케이크를 한 입, 키가 작고 널따란 찻잔에 담긴 뜨거운 밀크티를 한 모금 번갈아 먹으며 속을 데우던 가을 밤, 뭉근하게 졸인 무화과를 씹으며 생각했다. 밤 맛이 나네. 그 후로 기회가 있을 때마다 말하고 다녔다. 혹시 알고 계세요? 졸인 무화과에서는 밤 맛이 난답니다. 대화 중에 무화과가 등장하면 꼭 그 이야기를 했다. 그때마다 어처구니없게도 약간은 더 괜찮은 사람이 된 것 같았다. 잘 살고 있다는 기분마저 들었다.

조그맣고 낡은 나무 의자에 웅크리듯 앉으면 좁다란 서교동 비탈길과 가로수가 보이던 그 카페 역시 3년쯤 전에 사라졌다. 사진을 찍어둘걸, 넋두리는 매해 가을 반복된다.

그러니까 3년 정도 되었다. 넋두리도 밤 맛 나는 무화과 이야기도 말이다. 실수로 산 밤 얘기가 나온 김에 무화과 어쩌고 하는 이야기를 한 번 더 할 기회가 생겨서 기쁘다.

아무도 해치지 않는 이야기를 많이 아는 사람이 되고 싶다. 그런 이야기를 몸에 지니고 다니는 사람이 되고 싶다. 밤 맛 나는 무화과 조림이 그런 글이 될 수 있을까.

아무도 해치지 않는 실수를 하고 싶다. 그런 실수라면 되도록 많이 하고 싶다. 그런 실수를 잔뜩 한 후 실수에 관한 글을 쓰고 싶다. 실수로 산 밤송이 한 바구니가 그런 글이 될 수 있을까.

실은 뭔가를 흉내 낸 것인지도 모른다. 평소라면 하지 않았을 행동이니까. 아저씨의 호객 행위와 밤송이의 색깔과 딸려 온 이파리에 기대어 뭔가가 되고 싶었는지도 모른다. 잘 사는 사람 혹은 조금 더 나은 사람, 가벼운데 짙은 사람, 무해한 농담을 하는 사람.

바야흐로 가을이다.

가을을 좋아한다. 가, 하고 말하려다 들이마시는 스산한 공기. 을, 하느라 혀가 입천장에 가벼이 붙었다 떨어지는 모양. 을, 하고도 남아 있는 여운. 모두 내가 좋아하는 것들이다. 무엇보다 마르면서 가벼워지고, 가벼워지면서 짙어지는 만물을 보는 일이 사뭇 기쁘다.

들 위로 한 차례 더 낮게 꺾이는 햇살을 느끼며 가던 길을 멈추고 돌아섰다. 돌아서서 보았다. 내 키만 한 옥수수 밭 사이로 서걱서걱 소리를 내며 지나가는 것, 저기 숲 왼편 허리를 돌아 나가는 것, 돌아 나가며 사라졌다가 더 작아진 모습으로 나타나 멀리 언덕을 넘어가는 것. 여름의 뒷모습이라 생각되는 것을 오래 바라보는 동안 바람이 멎었다. 소란하던 새들이 조용해졌다. 숲 그림자가 길어졌다.

길어진 그림자를 달고 들어와 쌀을 안치고 저녁을 차

렸다. 어둠을 몰아내고 싶지 않아서, 어둠 속에서 작고 노란 스탠드를 켜고 보랏빛이 한 줌도 남지 않고 모두 사라질 때까지, 일몰 속에서 천천히 밥을 먹었다. 여름의 마지막 빛을 꼭꼭 씹어 먹었다.

삼청동

올라가는 일에는 공통된 기대가 담겨 있다.
오르는 방향에 따라, 높이에 따라 계속해서 달라질
풍경을 마주하는 일이다. 돌아볼 때마다 달라지고
또 넓어지는 풍경 속에서 지나온 것들이 작아져간다.

해 질 무렵 삼청동에 갔다. 날이 좋아 걷다 보니 광화문에서 시작한 산책이 길어졌다. 변화하는 풍경 속에서 생각이야 제멋대로 흘러가게 내버려 두고 그저 몸을 움직여 나아가는 일. 산책을 하며 나는 깊이 빠져들면서 동시에 끊임없이 빠져나온다. 떠오르는 생각을 알아차리고 또 그 생각에서 풀려난다.

거리에 옅은 어둠이 깔리고 있었다. 가파르게 솟은 언덕 너머로 저녁노을이 섞여 들고, 비탈 아래 빼곡히 들어선 가게들이 하나둘씩 불을 밝혔다. 나는 곧 파스타 가게 오른편으로 난 좁다란 계단을, 경사는 심하지만 언덕 위 동네로 올라가는 지름길을 찾아냈다. 아래로 구멍이 숭숭 뚫린 철제 계단을 난간에 의지해 위태롭게 올랐다.

'북촌 한옥마을'이라는 이름으로 유명해진 이래 관광

객으로 조용할 날 없는 곳이지만 그날은 고즈넉한 가운데 저녁밥 짓는 기운만이 감돌았다. 각자의 마당을 품고 늘어선 한옥들이 문을 닫아걸고 같은 표정을 지어 보였다. 저마다 사연 있는 집들이 어스름 속에서 자신을 지워갔다.

사람이 모여 사는 곳이라면 그게 어디든 규칙이 있는 법이다. 가파른 언덕 위 아름다운 한옥마을도 예외는 아니다. 쓰레기는 어디에 내놓는지, 무슨 요일에 수거해 가는지, 담배는 어디서 피우는 게 좋은지, 주차는 어떻게 하는지, 눈 쌓인 골목은 어디까지 쓸면 되는지.

이른바 생활의 규칙이다. 명시적이거나 암묵적인 여러 규칙 덕분에 이곳도 그럭저럭 유지된다. 집의 사정이야 어떻든 음식물 쓰레기는 아무튼지 감나무 옆 전봇대 밑에, 매주 화·목·일요일 일몰 이후 내놓아야 하는 것이다.

그런 규칙이 있어서 제각기 엉망진창인 삶도 겉으로는 그럭저럭 굴러가는 것처럼 보인다. 우리는 아무리 슬프고 화나는 날에도 초록불에 길을 건너고, 같은 시간에 가게를 열고, 수업을 하고, 범인을 잡고, 마감일에 맞춰 원고를 보낸다. 하지만 무표정하게 재깍재깍 돌아가는 일들 뒤에 숨겨진 진짜 표정은 어떨까. 간혹 울먹이고 자주 허둥대는, 불안과 환희가 동시에 깃든 얼굴. 그 기이하고 익숙한 표정.

하늘은 이제 붉은색으로 타오르고 있었다. 멀리 서쪽으로 북악산 능선을 따라 점점이 불이 켜지고 언덕 아래 건물들이 어둠에 잠기는 광경 앞에서 나는 조금 쓸쓸하고 황홀해졌다. 그때 어디선가 익숙한 멜로디가 들렸다.

걸음을 늦추고 주위를 둘러보니 조촐한 외관의, 동네 아이들을 대상으로 하는 피아노 학원이 눈에 들어왔다. 소리는 문도 창문도 자그마한 그곳에서 흘러나오고 있었다. 하농이며 체르니 같은, 피아노를 배운 적 있다면 누구나 한 번쯤 거치게 되는 곡이었다.

"딴, 딴, 따아아안."

박자를 세는 선생님의 볼펜이 건반대를 두드리고, 그러거나 말거나 우리의 꼬마 연주자는 틀리는 부분에선 어김없이 틀리고 자신 있는 부분에서는 냅다 속도가 빨라졌다. 흐르다 막히고, 고여 들다 울컥 넘치는 시냇물을 닮은 선율이 저물녘 삼청동 골목으로 퍼져나갔다.

설풋 웃음이 번진 것은 옛날 생각이 나서다. 포도송이에 웬 포도알을 그렇게 많이 그려주는지. 곡마다 알알이 열린 포도송이를 정말로 다 채운 적은 물론 거의 없었다. 거짓말로 그어 가면서도 겁은 많아서 선에 주의를 기울였다. 일정한 두께로 속도감 있게 그어진 선들은 거짓으로 한꺼번에 그었음을 들통나게 할 테니까.

그래도 나는 대체로 시킨 일은 곧잘 하는 편이었다. 자수성가한 베이비부머 세대 부모 밑에서 장녀로 자라자면 어느 정도 모범생이 될 수밖에 없다. 물론 치열하게는 하지 않았지만, 아홉 살이 무언가를 치열하게 한다는 게 더 이상하지 않은가. 정복하는 기쁨은 몰랐지만 즐기는 법은 본능적으로 알고 있었다.

피아노를 치며 보냈던 일요일 오후를 기억한다. 치는 곡은 거의 정해져 있었다. 앞표지가 다 떨어지려는 피아노 소곡집에서 늘 연주하는 페이지를 능숙하게 펴고 보면대에 세운다. 페이지가 넘어가지 않도록 고무줄로 고정한다. 먼저 〈즐거운 나의 집〉, 〈알로하 오에〉, 〈산타

루치아〉를 신나게 친다. 좋아하지만 끝까지 치지는 못하는 〈은파〉는 절반만 쳐본다. 떠듬떠듬하는 내 연주에 내가 지루해질 때쯤 〈월광〉의 쉬운 부분만 골라 치며 감성에 젖은 채로 그날의 연주를 마무리한다.

요는 자신 없고 골치 아픈 곡은 건드리지 않는다는 것이다. 학원에서야 치기 싫은 곡도 억지로 쳐야 하지만 일요일 오후까지 그럴 필요는 없으니까 말이다.

나의 아홉 살 인생은 그럴 수 있었다. 치기 싫은 곡은 외면하면서, 안 치고도 친 척하면서. 좋아하는 곡만 자신 있게 치면서도 부끄럽지 않을 수 있었다. 우리의 꼬마 연주자도 학원이 끝나면 집에 가서 저녁을 먹고 피아노 같은 건 까맣게 잊고 푹 잠들 것이다. 그러기를 바란다. 낮에 자꾸 틀렸던 부분이 꿈에서까지 그를 괴롭히지는 않기를 진심으로 바란다.

아홉 살의 인생과 같고 또 다른 어른의 인생에 관해 생각한다. 하기 싫은 일이라도 결국은 해야 하고, 안 하고도 한 척하는 일은 불가능에 가깝기 때문에 어른의 인생은 아홉 살의 인생과 다르다. 한편 곤란한 일은 나 몰라라 얼렁뚱땅 넘어가는가 하면, 작은 성공에 대해서

는 말이 빨라지는 어른의 얼굴에서는 영락없는 아홉 살
짜리 꼬마 연주자를 본다. 그 어른은 소심하면서도 허
풍이 심하고, 고약한 버릇을 가지고도 자신감이 있다.
하지만 낮에는 당당한 표정도 밤이면 실패에 이를 갈며
수치심으로 얼룩진다는 점에서 아홉 살로 살아가는 데
결정적으로 실패한다. 그는 대체로 푹 자지 못한다. 취
약한 긍정을 가지고 살아가는 자의 일그러진 얼굴, 나
의 얼굴이자 가까운 이들의 얼굴이다.

발이 보이지 않을 정도로 밤이 깊었으나 개의치 않고
북악산 남동쪽 기슭에 위치한 삼청공원으로 향했다. 먼
저 올랐던 철제 계단과는 다른 느낌의 나무 계단을 오
르며 산행 아닌 산행을 했다. 사람 사는 곳에서 멀어지
면서 불빛도 점차로 약해지고 멀어졌다. 너울너울하는
잎사귀의 움직임을 느끼며 어둠 속으로 들어갔다.
올라가는 일에는 어떤 공통된 기대가 담겨 있다. 그
기대란 오르는 방향에 따라, 높이에 따라 계속해서 달
라질 풍경을 마주하는 일이다. 돌아볼 때마다 달라지고
또 넓어지는 풍경 속에서 지나온 것들이 작아져 간다.

30분쯤 오른 후 돌아본 풍경 속에서 도시의 야경이 작은 웅덩이처럼 둥글게 고여 있었다. 적막한 우주에 홀로 떨어져 나와 지구를 보는 게 이런 느낌일까. 내가 아는 도시가 멀리서 소리 없이 반짝였다. 날마다 저 야경의 한 부분을 이루며 복작거렸을 내 삶이 낯설게 느껴졌다. 수선스럽고 지지부진한 삶이 그럭저럭 괜찮아 보이기도 했다. 익숙한 풍경이 달리 보이는 일은 산책 중에 자주 있는 일이다.

어쩐지 그곳에서 일어나는 아비규환이 평소처럼 환멸스럽지 않았다. 우리를 웃기고 울리는 흔해빠진 레퍼토리가, 눈물 콧물 쏙 빠지게 하는 신파극이 안쓰럽고 어여쁘다는 생각이 들었다. 오늘 낮까지만 해도 내가 속해 있던 그곳이 귀엽고 소중해서 한참을 바라봤다.

그만 내려가야겠다고 생각한 건 보고 싶어졌기 때문이다. 간혹 울먹이고 자주 허둥대는, 불안과 환희가 동시에 깃든 얼굴. 묘하게 일그러진 기이하고 익숙한 표정이 그리웠다. 내 것이면서 당신의 것이기도 한 애증의 얼굴을 사랑하는 마음이 더 커졌기 때문이다.

내려가면 소심한 당신이 큰소리로 얘기하는 허풍을

잘 들어봐야지. 멀쩡해 보이는 표정 뒤에 당신이 숨긴 간밤의 얼룩을 잘 살펴봐야지. 마음이 바빴다.

다 내려와서 뒤를 돌아봤다. 밤하늘과 분간이 안 되게 깜깜한 산의 초입이 커다랗게 입을 벌리고 있었다. 언젠가 미움이 너무 커져서 어찌할 줄 모를 순간에 다시 올라올 것이다.

그게 언제일까, 나는 아득한 기분을 느끼며 도시의 불빛 속으로 걸어 들어갔다.

파란 대문

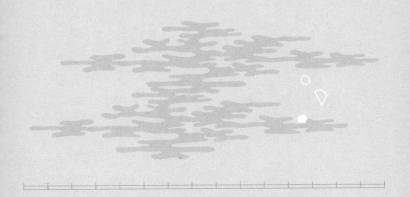

나에게는 마음속으로만 만지작거리는 동네가 있다.

하도 만져서 닳아버린 동네, 그 낡은 동네가 그리운 날엔

눈을 감는다. 눈을 감으면 동네는 점차로 작아지고 둥글어진다.

어린아이가 가지고 노는 장난감 같다.

서울 북동쪽에 내가 아는 동네가 있다. 지도를 보면 아득하게 느껴지는 그곳은 눈을 감으면 외려 선명해진다. 비좁은 골목을 떠올리면 어깨를 한쪽으로 틀게 되고, 가파른 내리막길을 생각하면 발끝에 힘이 들어간다. 사시사철 해가 들지 않는 모퉁이를 회상하면 방 안에서도 소름이 돋는 것 같다. 땡볕에서 버스를 기다리던 정류장을 돌이키면 이마에 흐르는 땀을 닦고 싶다.

몸으로 익힌 장소라서 그렇다. 하도 걸어 다녀서 알게 된 구체적인 사실들에 몸이 먼저 반응하는 것이다. '눈 감고도 갈 수 있다'는 말은 나에게 다른 무엇보다도 진실로 다가온다. 서울에서 처음으로 머문 동네이자 가장 오래 머문 동네였다. 그곳에서 세 번을 이사하며 이십 대의 절반을 보냈다.

마지막으로 살게 된 집을 보러 간 날을 기억한다. 한

낮의 열기가 모든 것을 녹여버릴 것 같은 팔월의 오후에 길을 나섰다. 방학이라 고향으로 돌아간 학생들이 많아서 거리는 한산했다. 매미마저 울음을 그친 거리에 여름의 더위만이 광광댔다. 적막하고도 시끄러운 여름날이었다.

한 동네에서 꼬박 3년 반을 살았지만 그 집은 이전에 가본 적 없는 곳에 있었다. 그늘 하나 없는 도로 위에서 지도를 보느라 연신 걸음을 멈췄다. 굉음 가득한 도로 위를 가르는 덩치 큰 육교를 건넌 후에는, 달리는 기차 소리에 그 굉음마저 묻히는 철길을 건넜다. 연이어 무언가를 건너야만 도착하는, 동네의 남쪽 끝자락이었다. 1킬로미터 조금 넘는 거리가 멀게만 느껴졌다. 이윽고 오래된 주택가 골목으로 들어섰을 때는 바로 전까지 쟁쟁하던 소음이 하나도 들리지 않고 내 발소리가 가장 크게 들렸다.

집은 다른 주택들 가운데 둘러싸여 있어 골목 어귀에서는 보이지 않았다. 미로처럼 자꾸만 중심부로 꺾여 들어가는 골목 끝에 새로 칠을 한 대문이 여름 하늘처럼 새파랬다. 대문을 열어젖히자 아담한 한옥 한 채가 마당을 안고 ㄱ 자로 굽어 있었다. 현관도 없이 툇마루로 올라가는 디딤돌이 그대로 남아 있는 오래된 한옥이었다. 그 집에서 처음 보는 이십 대 여자 네 명과 1년 반을 살았다.

한때 생판 모르는 여자 네 명과 방이 세 개뿐인 한옥에서 살았다고 얘기하면 사람들은 꼭 물어본다. 집이 낡아서 불편하지 않았냐, 남이랑 사느라 힘들지 않았냐. 사람들의 질문이 무엇을 의미하는지 잘 안다. 낡은 집에 사는 건 분명 손이 많이 가는 일이다. 남과 사는 일은 아무리 반복해도 어렵다. 그럼에도 매번 시원하게 답할 수 없다.

이사 온 첫날 밤부터 천장을 달리는 쥐들의 발소리를 들으며 잠을 청했던 일이 생각난다. 어둠 속에서 천장과 서로를 번갈아 보던 불안한 눈빛은 지금 생각하면 웃음이 나오지만 당시엔 정말 심각했다. 대체 이를 어찌하면 좋겠냐는 탄식이 말하지 않아도 전해졌다.

마당에 족제비가 나타나서 발이 묶인 일도 있었다. 처음엔 동물의 정체를 몰라서 청설모 아니면 수달일 거라며 머리를 맞대고 인터넷에 한참을 검색했다. 그리고 허리가 긴 그 동물이 마침내 족제비라는 것을 알아냈을 때, 우리는 직접 쫓아내기를 포기했다. 인터넷에서 귀여운 외모 뒤에 숨겨진 맹수성에 대해 자세히 설명하고 있었기 때문이다. 하지만 진정한 맹수성은 서로 간에 내재하고 있었음을 얼마 지나지 않아 알게 되었다.

우리에겐 다툴 일이 차고 넘쳤다. 갈등의 소재는 잡초 같아서 없애기 무섭게 새로 생겼다. 달이 바뀌면 날씨가 바뀌고 그게 몇 번 반복되면 계절이 바뀌었다. 그때마다 오래된 한옥에서는 새로운 결함이 발견되었다. 이사 들어온 여름에는 쥐를 몰아내느라 바빴다. 가을이 되자 개미들이 추위를 피해 집으로 기어들어 왔다. 겨울에는 외풍이 심해 코가 시렸다.

바뀐 계절과 함께 각자의 새로운 습관이나 생활 방식도 드러났다. 날이 추워지면서 모두의 샤워 시간이 조금씩 길어졌다. 발이 시려 급히 들어오느라 툇마루 위 신발들은 엉망진창이 되어갔다. 입는 옷이 두꺼워지자 빨래 건조대 독점에 관한 문제가 대두되었으며, 긴긴 겨울밤 심심한 입을 달래느라 양껏 먹은 탓에 뱃살과 함께 설거짓거리도 늘어났다.

"설거지는 제때 하는 게 좋지 않을까?"

새롭게 등장한 문제에 대해 한 명이 운을 떼면 나머지 사람들도 문제의식에 공감을 표했다. 해결이 어려웠던 이유는 단어에 대한 감각이 서로 달랐기 때문이다.

"난 제때 했어, 설거지."

"다음 날 하는 게 제때 하는 거야? 너 때문에 내가 요리하기 전에 설거지부터 하고 시작해야 한다고."

무릇 함께 산다는 건 단어에 결부된 감각을 서로 조율하는 일임을 그때 알았다. 이를테면 '제때', '지저분하다', '꽉 차다', '조용하다' 같은 단어들. 익숙한 단어에 관해 서로가 느끼는 감각이 너무도 달라서 그 간극에 늘 놀랐다.

누군가에게 지저분한 화장실이 나에게는 그럭저럭 쓸 만했다. 내 눈에는 꽉 차서 진작에 비웠어야 할 것 같은 쓰레기통도 다른 이에겐 며칠은 더 버틸 수 있을 것처럼 생각되었다. 한편 나로서는 조용했다고 생각한 이른 아침의 부엌 사용 건은 몇몇의 단잠을 방해했던 것으로 밝혀졌다.

해가 바뀌고 파란 대문의 한옥에도 봄이 찾아왔다. 비좁은 골목 어귀에 이름 모를 잔꽃이 피었다. 가파른 내리막길 끝에 붕어빵 팔던 자리가 텅 비었다. 해가 들지 않는 모퉁이에 겨우내 얼어 있던 눈이 자취를 감췄다. 양지바른 버스 정류장 벤치에는 어르신들이 다리를 쉬며 볕을 쬐고 가셨다.

그 무렵 나는 골목을 울리는 발걸음 소리만으로도 누가 대문을 열고 들어올지 알아맞혔다. 어떤 이의 기분을 나아지게 하기 위해 사 가야 하는 아이스크림의 이름을 외웠고, 수시로 식탁 위를 굴러다니는 형광색 머리끈은 굳이 물어보지 않고도 알아서 주인 책상에 갖다 두었다. 네 명의 양말과 속옷을 구분했고, 화장실에서 나는 샴푸 냄새만으로 방금 전에 샤워한 사람을 골라낼 수 있었다. 이외에도 침대 머리맡에 붙은 사진에 얽힌 추억이라든가, 고향 친구들을 부르는 별명 같은 자질구레한 일화들을 알게 되었다.

좁은 집에서 부대끼며 몸으로 익힌 사실들이어서, 이후에 알게 된 다른 어떤 사람에게서도 그와 같은 점을 발견할 수는 없었다. 그 사소하지만 구체적인 감각 때문에 나는 눈을 감으면 언제든 파란 대문의 한옥, 다섯 명의 여자들이 모여 살았던 집으로 갈 수 있다.

하지만 발소리, 아이스크림 맛, 샴푸 냄새, 머리끈 색깔, 이런 것들로 한 사람을 안다고 해도 될까. 디딤돌 위를 나뒹구는 신발들, 마루 한편에서 게으르게 말라가는 빨래, 씻어서 엎어놓은 밥공기의 둥근 선, 이런 것들로 한 시절을 설명하는 데 성공할 수 있을까.

오늘처럼 공기가 달게 느껴지는 밤이면 우리는 맨발에 슬리퍼를 끌고 동네 마실을 나섰다. 민둥한 손가락으로 달을 가리키며 실없는 농담을 주고받았다. 이룬 게 없어서 자랑할 게 없었다. 가진 게 없어서 숨길 게 없었다. 우리가 꿈꾸는 것은 우리로부터 멀리 있었고, 살아온 시간보다 살아갈 시간이 길어서 우리는 영원처럼 웃고 떠들었다. 잘 먹고 잘 자고 열심히 다투며 날마다 마음이 자랐다.

내가 서울 북동쪽의 어느 동네에서 이십 대의 절반을 보냈다고 말하면 사람들은 꼭 물어본다. 동네가 허름해서 서울인데 서울 같지 않다면서요? 아무래도 교통이

불편하죠?

　말문이 막힌다. 하고 싶은 말이 할 수 있는 말을 초과하는 어린아이처럼, 눈을 동그랗게 뜨고 입을 벌린 채 침을 꼴딱꼴딱 삼킨다. 잠시 횡설수설하다 사람들이 듣고 싶어 하는 답을 내어준다. 그들은 비로소 명쾌한 기분을 느끼며 새로운 화제로 옮겨 간다.

　그리하여 나에게는 마음속으로만 만지작거리는 동네가 있다. 하도 만져서 닳아버린 동네, 그 낡은 동네가 그리운 날엔 눈을 감는다. 눈을 감으면 마음속에서 동네는 점차로 작아지고 둥글어진다. 어린아이가 가지고 노는 장난감 같다. 한 손에 들어올 정도로 작지만 깜짝 놀랄 만큼 세밀하다. 우리가 무심코 들여다본 장난감 자동차의 정교함에 놀라듯 말이다. 이따금 마음속으로 그것을 손에 쥐어본다. 닳도록 어루만져서 매끄럽고 윤이 난다.

　나는 아이가 자신의 장난감을 기억하듯 그 동네를 기억한다. 장난감 주인이 아니면 알지 못하는, 그것에 얽힌 자잘한 이야기를 잘 알고 있다.

옥상

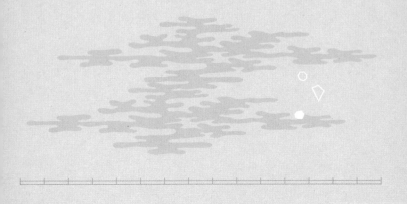

망각이 흥미로운 이유는 노력할수록 실패하는 일이라서다.
어떤 기억을 잊으려고 할 때마다 그 기억을 떠올려야 해서
정말로 잊고 싶은 기억은 절대로 잊히지 않는다.

"야, 저기! 저거 봐!"

"와아아아!"

무수한 종이비행기가 분홍빛으로 물든 하늘을 가르며 5층 아파트 아래로 낙하하고 있었다. 아이들은 날마다 다른 것에 마음을 빼앗기고 곧잘 몰두했다. 어느 날은 그게 사루비아였고, 벽돌을 무더기로 쌓아놓은 공사 현장이었고, 그네였고, 팽이였고, 그날은 종이비행기였다.

우리는 낮부터 아파트 단지에 돌아다니는 종이란 종이는 죄다 모아 비행기를 접기 시작했다. 우리라고는 했지만 같은 아파트 단지에 산다는 공통점만 있을 뿐 소속감이나 친밀감을 바탕으로 한 결속력 있는 '우리'는 아니었다. 어느 날은 이렇게 또 다른 날은 저렇게, 그날그날 밖으로 놀러 나온 아이들이 서로의 이름도 모르고 어울려 노는 일이 허다했다. 한참 놀다 보면 저녁 먹으러 오라는 엄마들의 외침이 여기저기서 들려왔고 그러면 우리는 여전히 서로의 이름도 모른 채 '잘 가' 하며 헤어지곤 했다.

작고 까만 아이들 대엿이 삐질삐질 땀을 흘리며 맨바닥에 대고 종이비행기를 접었다. 한여름 볕이 정수리 위에서 내리쬐었다. 멀리, 오래 나는 종이비행기를 접기 위해서는 기술도 중요하지만 무엇보다 종이가 좋아야 하는 법이다. 가볍지만 적당히 힘 있고 빳빳한 종이여야 했다. 그중 최고는 근처 마트의 할인 행사를 알리는 커다란 광고지로, 이를 반으로 갈라 만든 종이비행기는 제법 일이 등을 다툴 만한 외양을 갖췄다. 한참을 종이접기에 열중하고 있으니 그사이 놀러 나온 다른 아이들도 어디선가 종이를 구해 와 곁에서 함께 비행기를 접기 시작했다. 각자 제 나름대로 자부심을 가질 만한 종이비행기를 여럿 완성했을 때는 해가 지려 하고 있었다. 우리는 너 나 할 것 없이 아파트 옥상으로 향했다. 자신이 접은 종이비행기를 어서 빨리 날려보고 싶어서 5층짜리 아파트 계단을 단숨에 뛰어 올라갔다.

끼-익. 옥상으로 나가는 두꺼운 철문이 육중한 소리

를 내며 열렸다. 초록색 페인트칠을 한 옥상 바닥 위로 아이들이 일제히 내달렸다. 빨랫줄에 널린 하얀 이불이 저녁 바람에 한가로이 흔들리고 있었다. 우리는 이불 옆으로, 밑으로 제각기 달려 난간에 일렬로 붙어 섰다. 키가 작아서 난간 위로 겨우 어깨만 나온 아이들은 오늘 하루 중 가장 신이 나 있었다. 옥상에 올라가선 안 된다고, 동네 어른들이 기회가 있을 때마다 당부했지만 주위를 둘러보니 어른들 말씀은 안중에도 없는 듯했다. 우리는 다 같이 규칙을 어기는 즐거움에 휩싸였다.

"하나, 두울… 셋!"

머릿수만큼 많은 종이비행기가 저녁 하늘을 가르며 한꺼번에 쏟아졌다. 어디까지 날아가는지 보느라 다들 비행기에서 눈을 떼지 못했다. 개중에 유독 멀리까지 날아가는 것이 보이면 손가락으로 가리키며 연신 소리를 지르기도 했다. 접어온 종이비행기가 줄어들수록 아이들은 오래 겨눈 후 신중하게 날렸고, 몇 개 남지 않은 비행기를 날리는 팔과 어깨에 힘이 잔뜩 들어갔다. 마지막에는 사활을 걸어야 할 터였다.

엇갈리는 승패에 환희와 아쉬움의 탄성이 여기저기

서 터져 나왔다. 열성적인 이들은 하나라도 더 잘 날리려고 옆으로 혹은 뒤로 밀치며 들어오길 그치지 않았으나, 어느 순간부터 종이비행기에 관심이 없어진 나는 열심히 접은 것도 대충 날리곤 멀뚱히 서 있었다. 괜히 자리만 차지하고 있기가 열없어서 끄트머리로 슬그머니 자리를 옮겼다.

무정형의 곡선을 그리며 느리게 추락하는 종이비행기보다 해 지는 풍경을 감상하기 좋은 자리였다. 물빛 하늘 이쪽부터 저쪽까지 분홍 새털구름이 이불처럼 깔려 있고, 산으로 숨어드는 붉은 해가 저 멀리 보였다. 곧 가로등이 켜질 것이었다. 조금 전만 해도 온통 종이비행기 생각으로 신났는데 나는 어느 틈에 혼자 이상한 기분이 되어 아이들과 섞일 수가 없었다. 해 질 녘 하늘을 닮은 무언가가 속으로 흘러들어 내 안에 구멍을 낸 것처럼 생각되었다. 무언가를 기다리고 싶기도, 기대하고 싶기도 했다. 그러다 시간이 멈추었으면 하고 바랐다. 이 풍경을 오래 보고 싶었다.

그때 누군가 뒤에서 두 팔로 내 양 어깨를 살며시 그러안았다. 놀라서 고개를 돌려 누군지 확인하는 것도 까먹고 온몸이 그대로 굳어버렸는데 등 뒤에서 익숙한 목소리가 들렸다.

"무슨 생각해?"

지호였다. 나보다 한 살 어린 지은이라는 여자애와 남매지간으로 지호는 자기 여동생보다는 두 살, 나보다는 한 살이 더 많았다. 우리 셋은 죽이 잘 맞아서 별로 싸우지도 않고 잘 놀았다. "안녕하세요, 저 ○○인데요~ 집에 ×× 있어요?" 라인은 달랐지만 걔네 집도 우리 집이랑 같은 105동이어서 하루가 멀다 하고 서로를 불러내 각자의 집을 오가며 노는 게 일상이었다.

나는 지은이만큼 지호랑 노는 것도 좋아했다. 또 조금 다르게 좋아했다. 우리 집에서는 맏이인 내가 항상 누군가를 챙겨야 했는데 지호랑 놀 때면 내가 챙김을 받는 사람이 되었다. 그건 가지고 놀고 싶은 장난감을 양보받을 수 있고 달리다가 넘어지면 놀라서 뛰어오는 사람이 있다는 것을 의미했다. 밑으로 동생만 둘이라 늘 누군가의 그네를 밀어주던 나에게, 지호는 내가 미끄럼틀을 다 내려올 때까지 기다려주는 유일한 사람이었다.

수호

동생이 생긴 후로 엄마의 관심은 동생들 차지였고 내가 수시로 엄마를 찾는 아이가 아니었던 것은 그나마 다행이었는지도 모르겠다. 겁이 없고, 뭐든 혼자 힘으로 해야 직성이 풀리고, 집보다는 밖을 좋아하는 아이였으니까. 하지만 그런 아이에게도 응석을 부리고 싶은 날이 있어서, 변덕을 싫어하는 우리 어른들은 그때마다 화가 난다.

"왜 안 하던 짓을 하고 그래?"

"너까지 이럴 거야?"

어린 내가 사랑을 갈구했을 때, 엄마도 비슷한 심정이었을 것이다. 자포자기의 심정이었을 수도 있다. 예나 지금이나 그녀 곁에는 맡겨두었다는 듯 사랑을 달라는 사람들뿐이고 그중엔 나도 있다.

하지만 누가 그녀에게 사랑을 주지?

그녀가 그 많은 사랑을 어디서 퍼 올렸는지 나는 아직도 모른다.

그녀는 자신의 이름을 창피해하는 사람.

이름에 '끝'이 들어가는 사람.

첫애를 아들로 본 뒤 딸만 셋이 태어나자 외할머니,

외할아버지는 딸자식은 제발 너로 끝이길 바라는 마음으로 끝을 뜻하는 한자를 써서 그녀의 이름을 지었다. 아마 당시엔 그런 이유로 여자애 이름을 짓는 일이 흔했던 것 같다. 이름에 '끝'이 들어가는 여자를 밖에서 우연히 만난 날이면 엄마는 집에 돌아와 꼭 그 이야기를 했다. 사랑 못 받고 자란 여자를 만난 이야기, 그녀 자신의 이야기.

하늘이 소원을 들었는지 엄마가 태어나고 몇 해 뒤 정말로 사내아이가 태어났다고 한다. 바라던 아들을 얻었으나 안타깝게도 그 아이는 얼마 못 살고 병으로 세상을 떠났다. 그렇게 해서 엄마가 그 집의 막내가 되었다면, 이름이야 어찌 되었든 남은 사랑이나마 담뿍 받고 자라지 않았을까.

그런데 실은 세상을 떠난 남자아이가 태어나기 두 해 전에 여자아이 한 명이 태어났고, 그 아이는 살았다. 엄마보다 일곱 살 어린 그녀가 그 집의 귀염둥이 막내딸, 나의 막내이모다. 엄마는 그렇게 막내가 못 되고 어중간하게 네 명의 딸 중 가장 존재감 없는 셋째 딸이 되었다.

존재감은 없는데 왜 일만 시키려고 하면 셋째 딸이 생각났는지, 외할머니의 마음을 나는 잘 모르지만, 여하간 외할머니를 도와 집안일을 도맡아 하는 사람은 매번 나의 엄마였던 모양이다. 어려운 살림에도 매사 자기만 알고 양보라고는 할 줄 모르는 큰언니가 엄마는 얄미웠다고 했다. 일곱 식구의 생계를 홀로 짊어진 외할머니를 도와 자신이 허구한 날 연탄을 때고 마룻바닥을 걸레질하는 동안에도, 큰언니는 몸이 약하다는 핑계로 눈 하나 깜짝 않고 느긋하게 드러누워 팩을 하며 피부 관리에 열중했다고.

언니를 미워하며 자란 셋째 딸은 남자를 만나 결혼을 했고, 세 명의 자식을 낳았다. 그런데 하필이면 첫아이가 딸이었고, 하필이면 그 딸이 나였다.

후에 그 빚을 조카인 내가 갚게 될 줄은 큰이모도 몰랐을 것이다. 엄마는 나를 사랑하는 일에 종종 실패했고, 그 이유에 내가 있는 것도 같고 없는 것도 같아서 늘 조금 헷갈렸다. 엄마가 나를 미워하는 동안 나만 미워한 것이 아니라 자신의 큰언니를 미워하고, 자식들을 차별한 어머니를 미워하고, 경제적으로 무능력했던 아버지를 미워하고, 찢어지게 가난했던 지난 시절을, 그 시절을 지나온 스스로를 미워하였으므로. 내 몫이 아닌 분노를 받아내는 일이나 그런 분노를 쏟아내는 일이나 어느 것도 이해하기 쉽진 않았지만, 일곱 살의 나는 엄마를 너무 사랑해서 엄마를 이해하기도 전에 사랑했다.

때때로 엄마는 날 두고 다른 곳에 가 있었다. 설거지를 하다가도, 빨래를 하다가도, 놀이터에서 놀고 있던 내 손목을 낚아채 집으로 끌고 오는 그 짧은 동안에도 여기가 아니라 저기, 육성회비를 제때 못 내서 반 친구들 다 보는 앞에서 창피를 당하던 교실, 제대로 먹질 못해서 앉기만 하면 병든 닭처럼 졸던 시내버스로 돌아갔다. 돌아가서, 오빠랑 언니는 다 갔던 4년제 대학을 성적이 되는데도 포기해야 했을 때, 2년 만에 졸업하고 취직한 곳에서 번 돈의 대부분을 몇 년간 다달이 집으로 부쳐야 했을 때, 그 와중에 어렵사리 돈을 모아 사랑하는 남자와 결혼했지만, 쥐뿔도 없는 집안에서 달랑 숟가락 하나 들고 시집왔다며 남편이 자신을 대놓고 무시했을 때의 마음으로 갈아입고 내 옆에 섰다. "억울한 거, 서운한 거, 미운 거. 그런 거 있거들랑 다 잊어라. 잊어야 돼, 이영아. 기억하지 마." 엄마가 내 손목을 힘주어 잡았다.

어렸을 때 나는 빨리 어른이 돼서 엄마를 구해주고 싶었다. 하지만 무엇으로부터? 내가 어른이 되어서 알게 된 것 한 가지는, 엄마는 무엇으로부터도 구해질 생각이 없다는 것이었다. 그녀는 구조를 거부하는 방식으로 조난당했다는 사실을 부정했다. "이렇게 사는 게 뭐 어때서. 사람이 매사에 긍정적으로 생각해야 하는 법이다. 엄마 봐라, 얼마나 긍정적이니. 너도 엄마처럼 긍정적으로 생각하는 연습을 해라." 그 말을 할 때마다 그녀는 자제심을 잃었다.

특별한 일은 아니다. 자신이 실패한 일을 자식은 해내길 원하는 평범한 부모였을 뿐. 나 또한 평범한 자식이다. 끝내 그 일을 해내지 못했다는 점에서.

망각이 흥미로운 이유는 노력할수록 실패하는 일이라서다. 어떤 기억을 잊으려고 할 때마다 그 기억을 떠올려야 해서, 정말로 잊고 싶은 기억은 절대로 잊히지 않는다. 엄마가 잊으라고 해서 잊으려 노력했던 기억들이야말로 선명하게 남아, 나는 다른 건 몰라도 억울함과 서운함이 무엇인지는 똑똑히 아는 아이로 자랐다. 내 가슴에는 언제라도 치밀어 오를 준비가 된 어떤 것이 매달려 있었다. 목구멍을 막아 싸하게 만드는, 복숭아씨 크기의 무언가가 적당한 상황이 오기만을 기다리고 있었다.

그걸 어찌할 줄을 몰랐다. 작고 단단한 그것이 내내 가슴에 매달려 나의 일곱 살, 여덟 살, 아홉 살을 살지 못하게 했다. 그것은 봄에는 어린것들의 명랑함이나 천진함이 나에게 없음을 느끼게 했으며, 여름에는 시간이 가없이 지루함을 알게 했다. 가을에는 바닥에 나뒹구는 낙엽을 보게 했고, 겨울에는 찬바람 부는 텅 빈 거리로 나를 내몰았다. 세상의 모든 것이 나로부터 100미터 밖에 떨어져 있어서 나는 세상 속에 있을 수가 없고 가장자리에서 세상을 구경했다.

지호는 그 와중에 세상의 가장자리로부터 나를 불러내 잠시마나 세상 속에 머물도록, 나의 일곱 살에 머물도록 해주는 사람이었다. 지호와 있을 때만은 가슴속에 작고 단단한 것이 매달려 있지 않은 아이, 평범한 아이처럼 놀 수 있었다. 하지만 그런 이야기를 그 애에게 할 수는 없었다.

선선한 저녁 바람이 목덜미를 스쳤다. 그때 가로등에 불이 들어왔고, 아이들이 웃고 떠드는 소리가 한순간 멀어졌다. 옥상에 지호랑 나 둘만 있는 채로 시간이 멈춘 것 같았다. 지호가 무슨 생각을 하냐고 물었는데 대답을 못 했다. 지호는 재차 대답을 요구하거나 나를 돌려세우지 않고 뒤에서 얼마간 그러고 있다가 다른 데로 갔다. 실은 나도 내가 무슨 생각을 하는지 몰랐다. 다만 그 애가 이제 나에게 다른 아이들과는 조금 다른, 특별한 사람이 되어버린 것 같아서 가슴이 철렁했다.

여름

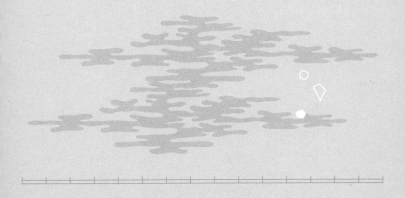

견디는 것, 그것은 여름의 특성이다. 무자비한 열기 속에서
찬 것과 더운 것을 쉬지 않고 오가며 여름을 보낸다.
살려고, 잘 살려고, 이 여름을 견디고 살아남으려고.

오후 여섯 시, 현관문을 열고 집으로 들어섰다. 낮 동안 밀폐된 채 달구어진 집은 그야말로 찜통이다. 운동화를 아무렇게나 벗어 던지고 거실 창문을 있는 대로 활짝 열었다. 더운 바람이 느리게 불어와 투명한 열기를 조금씩 흐트러뜨리는 시간. 여름이 하루만큼 저물고 있었다.

병원에서부터 걸어오느라 땀에 전 옷을 벗고 속옷 차림으로 거실 바닥에 드러누웠다. 커다란 아이보리색 천장이 눈앞에서 뱅글뱅글 돌아갔다. 끈적한 등허리 밑으로 서늘한 기운을 느끼며 맥없이 위를 바라보다가, 속이 울렁거려 눈을 감고 옆으로 돌아누웠다.

어지러움을 견디며 내 병에 관해 생각했다. 병원에서는 신체의 균형을 담당하는 귓속의 돌들이 원래 자리를 이탈해서 생긴 병이라고 설명했다. 돌은 내가 움직일

때뿐만 아니라 가만히 있을 때도 어딘가를 굴러다녔고, 멋대로 움직이는 돌 때문에 바로 서 있을 때도 비틀거리는 것처럼 느껴졌다. 아니다. 내가 아니라 세상이 기울어져 있거나 회전하는 것처럼 보였다고 하는 편이 정확하다. 중심을 잡고 단단히 서 있고 싶은 내 의지와 달리 세상은 좌우로 흔들리거나 회전하면서 쉬지 않고 요동쳤다. 왜곡된 그 광경이 그간 내가 겪어온 세상과 어쩌면 더 흡사해서 나는 눈을 감은 채로 쓰게 웃었다.

잘 살려고 애쓰다 걸린 병이었다. 나의 이십 대는 연이어 덮쳐오는 집채만 한 파도였고 몸과 마음의 지형을 모두 바꾼 끝에 여러 군데 잔해를 남기고 지나갔다. 어딘지 진 것 같은 기분 속에서 7년여의 서울 생활을 정리하고 무연고의 지방 소도시로 내려왔다. 서른이 되기 두 해 전 일이었다.

밤 9시면 막차를 걱정해야 하는 이곳에서 종종 서울의 밤을 떠올렸다. 자정을 넘긴 시간까지 활기차게 달리는 버스의 하얀 불빛을, 새벽을 가르고 진입하는 지하철의 쇳소리를 나의 자랑처럼 여겼던 날들. 겁도 없이 수다한 새벽을 건너뛰는 동안 나의 병은 그 소란한

흰빛을 먹고 무럭무럭 자라고 있었나 보다. 대도시의 피로한 생기를 닮은 이 병은 그러므로 조용한 법이 없다. 커다란 전광판이 설치된 8차선 도로 한가운데 있는 듯, 낮은 소리로 지직거리고 높은 소리로 삐-이거리는 그 모든 소음이 마침내 웅웅대는 소리로 뭉그러져 한데 섞여 들면 나는 현기증으로 눈을 감고 약한 구역감을 견뎠다. 침을 삼켜도 해소되지 않는 먹먹함과 마음처럼 가누어지지 않는 몸 때문에 물속 깊이 잠긴 것 같은 느낌을 곧잘 받았다.

상황이 이렇다 보니 집을 벗어날 수 없었다. 집에서 보내는 시간이 늘어났고 자연스레 집의 구석구석을 속속들이 알게 되었다. 알면 알수록 참을 수 없게 되는 것은 사람이나 집이나 마찬가지인 걸까. 서울서 내려와 새로 구한 집은 정체 모를 때로 손 닿는 모든 곳이 찐득찐득했다. 도무지 때가 낄 만한 곳이라고 생각되지 않는 곳까지 꼼꼼하게 더러웠다. 세월의 때였다. 세심하게 매만져서 생긴 멋들어진 손때가 아니다. 방치해서 생긴 때, 무신경함과 얼마간의 체념이 합쳐서 만들어낸 기분 나쁜 때였다.

옴

한동안 청소하느라 바빴다. 남의 인생을 쉽게 판단하듯, 남이 만든 때였으므로 쉽게 욕하고 탓하면서. 하지만 인간이란 결국에는 적응하기 마련이다. 그것이 설령 더러움이라 할지라도 그렇다. 익숙해지기 전까지는 어쩔 도리가 없기에 이 모든 얼룩에 익숙해지길, 견딜 만해지길 기다리며 되는 대로 청소했다. 그중 부엌 청소는 유독 힘들었다. 시간 차를 두고 겹겹이 쌓인 기름때가 아무리 닦아도 잘 닦이지 않았다.

청소를 해도 티가 나지 않는 집에서 엄마를 생각했다. 유년의 기억 속 엄마는 매일 걸레질을 했다. 무릎을 꿇고 왼쪽에서 오른쪽으로, 안쪽에서 바깥쪽으로 반원을 그리며 먼지를 몰아냈다. 벌게진 얼굴로 가쁜 숨을 몰아쉬며 그녀가 몰아내던 것이 단지 먼지라고는 생각되지 않았던 것 같다. 하루만 걸러도 티가 나는 것, 한눈팔기 무섭게 쌓이는 것, 덮쳐오는 것. 그래서 기도하고 항복하는 자세로 수행하듯 매일같이 훔쳐내야만 하는 무언가가, 엄마를 자꾸만 무릎 꿇게 하는 무언가가 어린 나를 옥죄었다.

폭염주의보가 내렸던 그날은 아빠의 대학원 졸업식
이었다. 다섯 식구가 아빠 차를 타고 졸업식 장소로 향
했다. 큰아들 졸업식이라고 할아버지, 할머니도 시골에
서 올라오셨다. 마흔 줄에 들어선 아빠가 졸업 가운을
입고 나타났다. 쓸데없이 꽃 같은 거 사지 말라던 아빠
말에도 불구하고 마음이 쓰였던지 엄마가 그사이 어디
선가 꽃다발을 사 와 아빠에게 건넸다.

"하나, 둘, 셋!"

우리 삼 남매는 차례로 아빠 옆에 붙어 서서 사진을
찍었다. 엄마가 사진 기사가 되었다. 뒤이어 할머니, 할
아버지가 아빠 양편에 섰다. 양복 차림에 중절모를 쓴
할아버지와 하얀 한복을 입은 할머니의 반쯤 지워진 분
홍색 립스틱이 지금도 기억난다. 시골이 아닌 곳에서
할머니, 할아버지를 뵌 게 그때가 처음이었다. 마지막
은 도시의 한 병원에서였고, 생의 끝무렵을 도시에서
지내는 동안 그들은 서식지를 잘못 만난 식물 같았다.
몸도 성치 않은데 농사는 이제 그만하시라 해도 정신이
온전하실 때까지는 아침마다 밭으로 향했던 이들. 공부
는 도시에서 해야 한다며 열 살 남짓한 아들에게 방을

얻어주고 도시에서 혼자 학교를 다니게 하면서도 그들은 밭을, 시골을 떠나지 못했다. 그렇게 키운 장남이 대학원 졸업장을 받는 날, 그의 옆에는 연로하신 부모님과 뒷바라지할 자식 세 명이 서 있었다.

그날 찍은 사진은 작은 액자에 담겨 한동안 거실장 레이스 덮개 위에 자리하고 있었다. 너무 오래 터지는 카메라 플래시 앞에 서 있는 듯 어색하고 피로한 대낮이었다. 그늘 하나 없는 새파란 잔디 위에서 무섭게 내리꽂는 여름 햇살을 정수리로 받아내며 불편한 옷과 구두 속에서 우리는 더위와 의무감으로 지쳐 있었다. 우글대는 인파 가운데 졸업식이 끝나기만을 기다렸다. 식구 중 누구도 크게 기뻐하거나 감격스러워하지 않았다. 그건 아빠도 마찬가지였다. 사진 속 아빠는 여느 때처럼 무덤덤하다. 이런 일은 아무것도 아니라는 듯, 진짜는 따로 있다는 듯.

지나치게 현실적인 그 사진이 늘 부담스러웠다. 사진은 내가 외면하고픈 무언가를 상기시켜 주는 것 같았다. 삶에 뒤통수 맞지 않으려면 아주 가끔 찾아오는 이런 반짝이는 순간에 마음을 뺏겨선 안 된다고. 삶은 대체로 그보다 지루하며 모든 걸 내어놓으면 작은 것 하나를 겨우 지킬 수 있는 것이라고. 그렇게 말하는 것 같았다.

식이 끝나고 집에 돌아와 저녁에는 커다란 모기장을 치고 가족이 모두 거실에 모여 잤다. 아빠가 미풍으로 조정한 선풍기 고개를 동생들과 내 발치께로 수그러지게 했다. 행여 자다가 선풍기 바람에 질식하는 일이 없게 하기 위함이다. 아무리 더워도 이불은 덮고 자야 한다는 것도 잊지 않고 강조했다. 다음 날 배앓이로 고생하지 않으려면 아빠 말을 들어야 한다고 했다. 여름마다 반복되는 이런 레퍼토리에는 어떠한 타협도 없다. 만약 우리가 더워서 선풍기 고개를 얼굴 쪽으로 올리려고 한다면 단호한 표정으로 안 된다고 할 것이다. 만약 우리가 잠결에 이불을 걷어찬다면 몇 번이고 다시 이불을 덮어줄 것이다. 그것은 선택지가 하나뿐인 사람의 몸짓이다. 너희는 반드시 살아야 한다는, 기필코 잘 살아야만 한다는 단 하나의 선택지 앞에서 대놓고 매달리는 사람의 몸짓이다.

밤이 되어도 식지 않는 열기에 막내가 쉬이 잠을 이

루지 못하고 칭얼대기 시작했다. 엄마가 옆으로 돌아누워 한 손으로는 땀으로 머리카락이 들러붙은 막내의 이마를 쓸어 넘기고 다른 한 손으로는 부채질을 하며 중얼중얼 자장가를 불렀다.

자장자장

자장자장

삶 앞에서 자꾸만 을이 되고, 그래서 견딜 수밖에 없는 일이 많아지면 우리는 자주 중얼거린다. 뻔히 보이는 불행 앞에서도 괜찮을 거다, 별일 없을 거다, 부질없이 중얼거린다.

엄마의 낮고 단조로운 말소리 위로 선풍기 돌아가는 소리가 밤을 채웠다. 커다란 모기장이 선풍기 고개를 따라 어둠 속에서 울렁거렸다. 끈적한 다리에 징그럽게 엉겨드는 이불을 인내하며 나는 옆으로 돌아누워 눈을 질끈 감았다. 눈을 감고 견뎠다. 쉬이 잠들지 못하는 이 밤을, 끝나지 않을 것만 같은 열대야를, 질척대고 지루한 모든 것을 견뎠다.

견디는 것, 그것은 여름의 특성이다. 무자비한 열기

속에서 우리는 바짝 엎드려 견딜 뿐이다. 지쳐서, 늘어져서, 흘려내려서 바닥에 엎드린 채 더위에 질식하지 않기만을 바랄 뿐이다. 밤새 삐걱대며 고개를 좌우로 젓는 선풍기 옆에서 혹은 느리게 불어오는 더운 바람 아래에서.

그렇게 해서 우리는 여름마다 지루함을 목도한다. 단풍이나 눈보라, 꽃망울로 우리의 눈을 현혹하던 것들이 사라지고 나면, 생을 장식하고 있던 것들이 여름의 열기에 녹아내리고 나면, 마침내 생의 볼품없는 몸뚱어리가 드러난다. 오래되어 삭고 누렇게 된, 언제부터 거기 있었는지 기억나지 않는 거실장 위 레이스 덮개처럼. 오래되었으나 오래되기만 한 것, 의미도 역사성도 없는 것, 더는 아무 감탄도 불러일으키지 못하지만 딱히 버릴 이유도 찾지 못하는 조악한 장식품 같은 것. 무엇도 아니나 무엇인 척 애썼던 흔적, 애썼다는 사실 말고는 아무것도 아닌 것.

여름에는 삶의 많은 것들이 발각된다. 아빠의 졸업식 사진에 찍힌 우리의 지루함과 피로함이 그렇다. 맛있게 담가졌다며 엄마가 환한 얼굴로 꺼내 온 물김치 국물에

요
미

떠다니는 밥풀이, 날마다 산더미처럼 쌓이는 쉰내 나는 빨랫감이 그렇다. 한여름, 아스팔트 위에서는 오물이 끓어오르고 더위를 이기지 못한 집들이 대문과 창문을 열어젖힌다. 초라한 세간이 열린 틈으로 드러나고 천장과 바닥에 밴 처지와 형편의 냄새를 더는 숨길 수 없다. 하지만 호들갑 떨 것 없다. 조용히 오래 앓아온 질병처럼 무엇도 금방 끝나지는 않을 것이다.

우리 가족은 매년 여름 계곡에 갔다. 산속 응달, 바위 사이로 흐르는 물은 검고 차다. 우리는 다른 사람들처럼 평평한 돌 위에 자리를 잡고 수박과 참외를 깎아 먹으며 더위를 피했다. 다슬기를 잡고 동글동글한 자갈을 줍기도 하며 잠시나마 더위를 잊었다. 하지만 속지 말자. 시원해지려고 계곡까지 찾아온 그들, 충분히 몸이 식기도 전에 온기를 찾아 나설 테니. 그 욕망을 뻔히 예견했다는 듯 산속 깊은 곳까지 진을 친 식당이며 장사꾼들의 호객 행위에 우리는 눈을 흘기다가도 기꺼이 응답한다. 더위를 피하러 간 곳에서 또다시 속을 데운다. 닭이나 생선을 푹 삶아 소금을 찍어 먹고, 쌀밥 위에 얹어 먹는다. 맨손으로 살을 발라 제 자식 입속에 넣어준다. 입을 벌리고 뜨끈한 국물을 속으로 내려보낸다. 찬 것과 더운 것을 쉬지 않고 오가며 여름을 보낸다. 살려고, 잘 살려고, 이 여름을 견디고 살아남으려고.

몸을 일으켜 부엌으로 갔다. 냉장고 문을 열었는데 뭘 하려 했었는지 기억이 나지 않았다. 멍하니 서 있다가 냉동실에서 얼음 하나를 꺼냈다. 빈속에 얼음을 와작와작 깨물어 먹으며 어둠을 응시하다 지루함을 몰아내려 라디오를 켰다. 오랜만에 켠 라디오가 주파수를 못 잡고 지직거렸다. 버튼을 좌우로 아무리 돌려보아도 성가시게 섞여 드는 잡음이 내 귀에서 나는 것인지 라디오에서 나는 것인지 구분하기 어려워 그냥 내버려 두기로 했다. 어느 쪽이든 완벽히 깨끗해질 순 없을 것이다. 지지직 소리가 커지며 가까워지고 작아지며 멀어지길 반복했다. 파도가 모래를 훔치는 소리를 닮아서 나는 바다가 보고 싶어졌다.

여름이 여름이기만 하던 시절도 있었다. 바다를 보면 마냥 뛰어들고 싶었고 새까만 버찌를 따먹으며 한나절을 보내던, 마음껏 바라고 욕심내던 시절.

기름때 긴 싱크대 위로 작게 난 창밖에선 하늘이 붉게 타오르고 나는 체념하는 편을 택했다. 아무리 닦아도 어떤 얼룩은 지울 수 없으니까, 다소간 얼룩진 마음으로 견디고 버티며 살아갈 수밖에 없음을 이제 안다. 다행히 견디는 일이 예전보다 쉬워진 것은 이제껏 모든 여름이 끝장나는 모습을 보았기 때문이다.

모든 것에는 끝이 있다. 좋은 것도 나쁜 것도 언젠가 끝난다. 잘만 버틴다면 이번 여름도 내가 바다를 가보기도 전에 끝장날 것이다. 그러므로 나는 바다를 보고 싶다는 마음으로 이 여름을 견디겠다. 나는 이제 무엇도 기대하지 않는다. 라디오를 껐다.

겨울

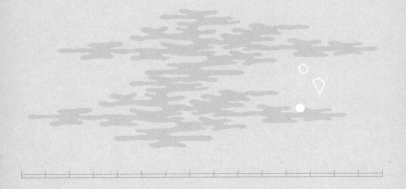

겨울이 창문에 와서 부딪치며 내는 소리가,
창문 틈으로 비집고 들어오는 겨울의 냄새가,
나를 언제나 조금 더 기다리게 했다.
모르는 어떤 가능성을 염원하는 일에 관대해지는 데
도움을 주었다.

올겨울을 기다리기 시작한 건 팔월부터다. 여름이 다 가기도 전부터 겨울을 기다린 셈이다.

겨울이 내는 소리를 좋아한다.

겨울이 허공을 휘몰아치며 내는 소리, 창에 와서 부딪치는 소리, 들어오려고 문고리를 흔드는 소리.

겨울이 품은 냄새를 좋아한다.

언 땅, 마른 풀, 칠흑 같은 바다. 내가 본 적 없는 장소를 건너며 묻혀온 냄새다. 본 적 없는 귓바퀴, 무수한 머리칼 위를 달리며 갖게 된 냄새다.

겨울은 내가 모르는 것들의 다른 말이고, 내가 모르는 것들이 내 작은 방 안으로 들어오려고 창문을 흔드는 계절이다.

그 소음 속에서 잠드는 밤이 있다. 추운 곳으로 긴 여행을 다녀온 사람이 외투도 벗지 않고 곧장 이리로 들어온 듯 방은 낯선 냉기로 가득하다. 의자며 책상, 옷장이나 서랍장 따위의 가구들은 제각기 얼어서 조금씩 수축되었다.

방이 갑자기 넓어진 것처럼 느껴지는 그때, 창문이 소리를 낸다. 여름내 물기에 불어 있던 창문이 마침내 창틀보다 작아진 몸집으로 한결 여유롭게 틈 사이를 움직이며 덜그럭덜그럭 기척을 낸다.

겨울은 밤에 도착한다.

내가 겨울을 기다리고 겨울이 어느 밤에 도착한다. 그 일은 해마다 반복된다. 겨울 앞에서 나는 매양 기다리는 사람이 되고 기다리는 일 말고 할 수 있는 게 없고, 바로 그 점이 나를 편안하게 한다. 어쩔 수 없잖아, 어깨를 으쓱한 뒤 턱을 괴고 기다린다. 왜 기다리기만 하니, 어째서 먼저 찾아가지 않니. 아무도 나무라지 않는다. 계절을 기다리는 사람에게 세상은 관대하다.

"그렇지만 기다리든 기다리지 않든 겨울은 오는걸?"

맞다. 하지만 기다리지 않아도 오는 것을 구태여 기다린다면 그건 왜일까.

강 가까이 살았던 겨울, 강을 지척에 두고도 실제로 간 횟수는 손에 꼽았다. 걸음이 느린 편인 내가 걸어서 15분이면 도착하는 거리로 퍽 가까운 편이었는데도 그랬다.

서둘러 움직이지 않으면 매사 늦어버리므로 어떻든 몸이 먼저 움직여야 하는 여기 산자락에서의 겨울 생활에 비하면, 그 시기엔 몸보다는 마음이 바빴다. 나는 그때 좋은 글이 무엇인지, 그런 글을 내가 쓸 수 있는지 알고 싶었다. 실제로 하는 일이라고는, 늦게 자고 늦게 일어나는 일, 먹고 씻는 일을 제외하면 쓰거나 읽는 일이 대부분이었다. 남들이 보기엔 한량과 다름없었을 것이다.

오전 열 시 혹은 열한 시, 함께 사는 다른 이들이 모두 집을 나선 시각. 평일 오전 특유의 고요 속에서 방은 아직 어둠에 잠겨 있다. 퀭하고 마른 얼굴로, 커튼도 걷지 않고 요의도 참아가며 가장 먼저 하는 일은 간밤의 문장에 선고를 내리는 일.

허풍 떠는 문장, 아부하는 문장, 성급하게 약속하는 문장, 오만한 문장, 너무 소심한 나머지 아무 말도 못하는 문장, 울거나 소리 지르느라 무슨 말인지 들리지 않는 문장, 툭하면 냉소하는 문장, 그리고 이 모든 난장판에 지쳐서 대충 화해하는 문장.

잠에서 깬 직후, 내가 가질 수 있는 가장 명료한 정신으로 해야 하는 첫 번째 일은 그러므로 지난 새벽의 과오를 걷어내는 일이다. 매일 아침 열리는 작은 재판에서 어떤 문장은 죽고 어떤 문장은 살아남는다. 살아남은 문장들이 조촐해진 지면 위를 한결 여유롭게 움직인다. 덜그럭덜그럭 소리를 낸다. 내가 모르는 무언가가 도착한다. 내가 아니라 문장이 데려온 무언가다. 쓰려고 한 적 없는 것, 쓰리라 생각지 못한 것이다.

겨우내 같은 일을 반복했다. 눌러쓴 문장을 지워낸 자리, 움푹 팬 흰 자국 위로 낮과 밤이 번갈아 고여 드는 동안, 내가 그것을 기다리고 그것이 어느 밤에 도착한다. 덜그럭덜그럭. 덜컹덜컹. 먼 데서부터 희미하게, 점차로 가까워지고 선명해지는 소리가 마지막 문장이 끝나는 지점에 다다라 멈춘다.

다른 무엇보다 창문이 필요했다. 한때 내가 덮고 잠들었던 것들―익숙한 진실, 손쉬운 위안, 게으른 온기―

을 뿌리치기 위해, 기약된 바 없는 장소를 향해 몸을 싣기 위해, 더 먼 데로 가기 위해.

흰 종이, 검게 흐르는 문장, 무리 지어 웅성대는 문단. 나타났다 사라지고. 이만하면 되지 않았을까, 이게 마지막 문장일 것 같아. 막막함에 질려 관두려던 순간마다 창문이 도움이 되었다.

겨울이 창문에 와서 부딪치며 내는 소리가, 창문 틈으로 비집고 들어오는 겨울의 냄새가, 기어코 창턱에 눕는 겨울의 빛이, 자리를 뜨지 않는 어둠이 나를 언제나 조금 더 기다리게 했다. 모르는 어떤 가능성을 염원하는 일에 관대해지는 데 도움을 주었다.

눈을 들어 밖을 보면 세상 모든 것들이 무언갈 기다리고 있는 것처럼 느껴졌다. 매 순간 기다림 속에 처해 있는 듯 보였다.

책은 펼쳐지길 기다리는 것 같다. 타자기는 눌리길 기다리는 것 같다. 꽃은 피어나길 기다리고, 노래는 끝내 불리길 기다린다. 그렇다면 나는 내가 어떻게 되기를 바라는 것일까.

나는 내가 모르는 것을 기다릴 수 있길 바란다. 말하

자면 기다리는 것 말고 할 수 있는 게 없는 사람의 기다림. 무언가를 바라는 일이 불가능할 정도로 힘든 상황 속에서도 소망하기를 멈추지 않는 사람의 기다림.

내가 그런 사람이 될 수 있을까.

물론 시간은, 내가 그것을 기다리든 기다리지 않든 오고야 말 것이다. 하지만 새로운 시간을 향한 마음이 불가항력적이라는 사실을 인정하는 사람에게 기다림은 유일한 존재 양식이 된다.

좋은 글이란 무엇인가. 그저 그런 글이 좋은 글이 되는 순간은 언제인가. 모르는 것은 언제 아는 것이 되는가. 모르는 것이 어떻게 아는 것이 되는가. 그러니까, 어떻게 살아야 하는가. 좋은 삶이란 무엇인가.

내겐 다 같은 질문처럼 느껴진다.

아파트 옥상에 숨어서 엄마가 찾으러 오기를 기다리던 나는 일곱 살이었다. 서럽고 외로운 마음을 어떻게 할 줄 몰라서 엄마가 저녁 준비에 정신이 팔린 사이 몰래 집을 나왔는데, 어쩌다 고작 옥상에 숨은 것이다.

사라지고 싶었던 게 아니다. 나의 부재 속에서 엄마

가 나를 궁금해하길 바랐다. 왜 그랬니. 무슨 일 있니. 당신 앞에 앉혀놓고 다정하게 물어봐 주길 바랐다. 그러면 엉엉 울면서 다 이야기할 텐데.

옥상의 커다란 환풍구 뒤에 몸을 숨긴 채 해가 지는 광경을 처음부터 끝까지 보았다. 무릎을 세우고 쪼그려 앉아 엄마를 기다리는 동안, 뉘엿뉘엿 넘어갈 듯 넘어가지 않던 해가 마침내 모습을 감추었다. 멀리 해 지는 쪽으로 어슴푸레하게 남아 있던 빛마저 사라지고 서늘한 밤바람이 옷 사이를 파고들 때쯤엔 울음은 이미 그친 상태였다. 눈은 차게 식었고, 말라붙은 눈물 자국만이 따끔거렸다.

소금기로 버석거리는 양 볼을 맨손으로 닦아내며 어둠 속에 앉아 있었던 그 순간, 어떤 의미에서 나는 처음으로 혼자였다. 세상으로부터 떨어져 나온 느낌, 혹은 삶에 뭘 기대할 수 있을지 잘 모르겠다는 느낌. 어쩌면 자주 이런 느낌 속에서 지내겠구나, 불현듯 드는 예감.

얼굴을 훔친 손으로 바닥을 짚고 일어났다. 난간에 붙어 서서 맞은편 아파트를 바라보는데 생전 해본 적 없는 질문들이 떠올랐다. 다른 집들은 행복해 보이는데 우리 집은 왜 이럴까, 엄마는 왜 아빠랑 살까, 나는 왜 태어난 걸까. 바로 답할 수 없었다. 그렇다고 다른 사람에게 물어봐서도 안 될 것 같았다. 왜인지 비밀로 해야 할 것 같은 질문들이었다.

당연한 얘기지만, 비밀이 많아지면 할 수 있는 말이 줄어든다. 말이 사라진 자리에 풍경들이 도착한다. 어떤 풍경은 금방 지나가고 어떤 풍경은 조금 오래 머물지만 영원히 머무는 법은 없다. 비밀은 창문 같은 것이고 그 앞이 내 자리다. 내 자리는 세상 속에 없고 여기에 있다. 비밀 너머로 세상을 본다. 많은 것들이 나타났다 사라지고 무엇도 붙잡을 순 없다. 그땐 물론 이런 사실들을 몰랐다.

"이영아!"

밑에서 나를 찾는 엄마 목소리가 들렸다. 목소리는 멀리 퍼지는 듯하다 내가 있는 곳까지 오지는 못하고 중간에 사라졌다. 바람이 공중에서 소리를 가로채 자꾸만 어디론가 달아났다.

"이영아!"

놀이터에서 아랫동으로, 아랫동에서 그 옆동으로. 관리 사무소로. 단지 입구로, 단지 밖 내리막길로. 엄마와 함께 멀어지는 목소리가 영 사라질 때까지, 한 음절도 놓치지 않으려고 어둠 속에서 숨을 멈추고 들었다.

　그러는 동안 사라지고 싶은 마음이 들기도 했다. 영원히 찾아지지 않았으면 좋겠다고, 내가 사랑하는 그 목소리가 지금처럼 나를 찾아주었으면 하고 바랐다. 나는 그때 슬프면서도 기뻤고, 불안하면서도 안심이 되었다. 엄마가 보고 싶지만 보고 싶지 않았고, 엄마를 아프게 하고 싶지 않았지만 아프게 하고 싶기도 했다. 내가 엄마를 아프게 할 수 있는 사람이라는 게 특별하게 느껴졌다.

*

　이야기는 매번 여기에서 끝이 났다.

　진실된 이야기였으나 오직 진실이기만 했던 이야기. 내가 아는 진실의 끝이자 도착한 이래 바뀐 적 없는 항구적인 풍경.

그날도 나는 한량처럼 커피 한 잔을 시켜놓고 카페에 앉아 창밖을 바라보고 있었다. 블라인드가 창 끝까지 내려와 있었지만 안에서 바깥을 볼 수 있게 어슷한 각도였다.

어깨를 구부정하게 움츠리고 바람에 맞서 걷는 사람, 발목으로 불어닥치는 낙엽, 끼익끼익 소리를 내며 진자 운동을 하는 도로 표지판, 곁눈질하지 않고 제 갈 길 가는 고양이.

가로로 길게 잘린 오후 네 시의 풍경 안으로 내가 잘 모르는 것들이 들어오고 나갔다.

분명 여느 날과 다름없는 평범한 수요일이었는데, 새로운 이야기가 시작되는 모든 순간이 그렇듯 아무튼 조금 이상한 오후였다. 그 이야기를 쓰려던 건 아니었는데 문득 생각이 났고, 몇 번이나 쓰다가 포기한 이야기였지만 한 번 더 써볼 각오를 제대로 다지기도 전에 첫 문장을 시작하고 있었다. 어떻게 쓰겠다는 계획도 없었다. 얼마나 쓸지도 알지 못했다.

그리고 무슨 일이 일어났더라. 쓰는 중간중간 창밖을 봤던 것 같다. 커피도 몇 모금 마셨을 것이다. 손님은 새로 들어왔던가 아니면 빠졌던가. 다 쓰고 나서 잠깐 조용히 울었던 건 기억난다.

카페를 빠져나왔을 땐 다섯 시였다. 도로는 퇴근 시간에 맞추어 차근차근 막힐 채비를 하고 있었고, 지하철역이 삼키는 사람보다 토해내는 사람 수가 늘어나고 있었다. 거리는 석양과 자동차 후미등과 간판 조명이 만들어내는 빛으로 출렁거리고, 나는 모르는 사람들 틈에 섞여 지하철역 계단을 내려갔다.

덜그럭덜그럭. 덜컹덜컹.

지하철에 실려 가는 동안 내가 잘 안다고 생각했던 여자의 본 적 없는 뒷모습을 생각했다.

지금보다 훨씬 어린 모습으로 여자는 저녁 식사 준비에 여념이 없다. 갓난아이를 업고 가파른 비탈길을 오르락내리락하며 장을 봐 오느라, 요리를 시작하기도 전에 녹초가 되었다.

곧 남편이 돌아올 시간. 으응, 그랬어. 업힌 채 칭얼대는 아이를 어르고 달래며 밥을 안치고 나물을 무치고 생선을 굽는다. 끓어 넘치려는 냄비 뚜껑을 열고 국의

간을 보며 큰애를 부른다.

"이영아!"

…

"손 씻고 식탁에 수저 놔. 텔레비전 끄고, 빨리."

뭐 한다고 대답도 안 하고, 혼잣말을 하며 밥을 푸는데 퇴근한 남편이 들어온다.

"왔어요?"

"… 큰애는."

"얘는 아빠 오셨는데, 버릇없이. 나와서 인사해."

어린이 프로그램이 다 끝난 시간, 텔레비전은 거실에서 혼자 시끄럽다. 모든 방문을 열어본 여자가 그제야 큰애가 집에 없음을 알게 된다.

편한 옷으로 갈아입고 나온 남자가 식탁에 앉아 저녁을 먹기 시작한다. 겨울은 해가 짧고 바깥은 이미 온통 깜깜하다. 분명 집에 있었는데… 잠시 우두커니 서 있던 여자가 젖은 손을 앞치마에 쓱쓱 닦고 거실로 가서 수화기를 집어 든다.

안녕하세요. ○○네 집이죠. 거기 우리 이영이 있나요. 오늘은 안 왔다고요, 예. 딸각. 예, 안녕하세요. 우리

이영이 혹시 거기 있나요. 애가 안 들어와서요. 전화했더니 ○○ 집에도 없다고 하던데. 아, 그래요. 그 집 ○○는 들어왔고요. 아아, 예. 딸각. ○○ 엄마, 우리 이영이 거기 있나요….

여자가 수화기를 내려놓고 포대기를 푼다. 몸을 돌려 업고 있던 애를 바닥에 눕힌다. 낮에 시장 갈 때 입었던 외투를 다시 걸친다. 아무 신발이나 신고 밖으로 나온다.

"이영아!"

놀이터에서 아랫동으로, 아랫동에서 그 옆동으로, 관리 사무소로, 단지 입구로, 단지 밖 내리막길로.

날은 춥고 애는 안 보인다. 대체 애는 어디서 무얼 하고 있나. 여자는 화가 난다. 어딜 가면 간다고 얘기를 해야지, 뭐에 정신이 팔렸기에 여태 집에도 안 들어오고. 해 지기 전에 들어와야 한다고 누누이 얘기했는데. 걸음이 빨라진다. 속에 천불이 난다. 그나저나 나쁜 일이 생긴 건 아니겠지. 갈 만한 곳은 다 가본 것 같은데, 아니겠지 설마. 하지만 만약 그렇다면…. 걱정으로 마음이 내려앉는다. 덜컥 겁이 난다.

이제 어디로 가야 하나.

여자는 황망해져서 걸음을 멈추고 주위를 둘러본다. 별안간 모든 게 피로하다. 사는 게 힘들다. 여자는 울고 싶다.

*

막상 다 쓰고 보니 그랬다. 이야기라고 하기도 어려운 별것 아닌 글이 나의 문장으로 도착하는 데 이토록 긴 시간이 필요했다는 사실 때문에, 어쩔 줄을 몰랐다. 어쩔 줄 몰라서, 옥상에 쪼그리고 앉아 있던 아이가 아니라 그 아이를 찾으러 다녔을 여자의 뒷모습이 눈에 밟혀서 조금 울었다.

모르는 문장을 기다리는 일은 막막하고, 그 끝은 언제나 조금 더 어려운 곳, 어렵고 복잡한 방식으로 아름다운 곳일 거라고. 이 글도 여전히 새로운 문장을 기다리고 있다. 그것은 완전히 다르게 쓰일 수도 있다.

땅 위로 올라온 지하철이 한강 위를 달리기 시작했다. 다리를 지탱하는 철골 구조 사이로 주황빛이 비쳐 들어와 열차 안을 환하게 채웠다. 발뒤꿈치에서 자라난 그림자가 달리는 방향의 반대편으로 길게 늘어졌고, 몇 몇이 고개를 들어 창밖을 바라보았다. 먼 데를 바라보는 눈동자 속에서 어디서 왔는지 모를 거대한 양의 물방울들이 잠자코 흐르고 있었다.

버스

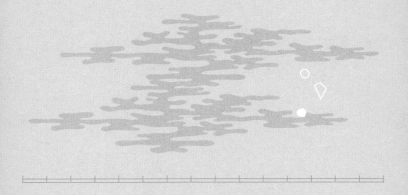

이야기가 창밖으로 던져지고, 담장에 맞아 이쪽으로
돌아오는 동안 내 안에서 질문이 자라났다.
이야기에 의해 그려지는 안온한 각도 속에서
내 생각은 적게 하고 상대에 대해 더 많이 생각했다.
그건 나란히 앉아 서로를 향해 떠나는 모험 같다.

✦

　"안내 말씀 드립니다. 전력 공급 방식 변경으로 객실 안 일부 전등이 소등되며, 냉난방 장치가 잠시 정지되오니 양해해 주시기 바랍니다."

　지상으로 올라온 열차가 서서히 속력을 낮췄다. 전등 스위치 내려가는 소리와 함께 한낮의 그늘이 객실을 드리웠다. 덜커덩거리며 천천히 굴러가는 열차 속에서 사람들은 약속이라도 한 듯 침묵했고, 잠자코 입을 다문 사람들의 옆모습이 핀 조명 같은 오후의 햇살을 받아 환히 드러났다. 낯선 이의 한쪽 뺨에 내려앉은 온기를 상상하며 어둠 속에서 맞은편에 앉은 사람들을 바라보았다.

　지하철의 좌석 배치에 불만을 품은 적이 여러 번이다. 알지도 못하는 사람들을 두 줄로 앉혀 서로 마주 보게 하다니. 물론 나도 안다. 좌석을 양 가장자리에 붙임으로써 중앙에 넓은 공간이 확보되고 덕분에 많은 인원이 탑승할 수 있다. 그럼에도 불구하고 잔인한 처사라는 생각에는 변함이 없다.

30분 넘게 모르는 사람과 마주 보고 있는 일은 꽤 고역이다. 모르는 사람을 정면으로 빤히 쳐다보는 건 실례니까, 지하철만 타면 죄지은 사람처럼 아래만 본다. 눈도 피곤하고 목도 뻐근해서 어쩌다 고개를 들어보지만 그러다 앞사람과 눈이라도 마주칠 때의 어색함이란. 나는 곧바로 후회하며 다시 아래로 시선을 꽂는다.

버스는 다르다는 사실이 다행이다. 버스에서는 사람들이 같은 방향을 보고 앉는다. 모두가 각자의 조망권을 확보한다. 다 같이 평화롭게 차창 밖 풍경을 누린다. 누군가의 뒷덜미에 시선을 두어도 죄스럽지 않다. 급하지 않으면 시간이 더 걸리더라도 버스를 타는 이유다.

버스에서 내가 가장 좋아하는 자리는 맨 뒷줄 양 끝의 구석자리. 앞 좌석보다 두 뼘 정도 높아서 앉으면 버스 안팎의 풍경이 훤하다. 수많은 사람이 타고 내리는 버스지만 구석이라 아지트처럼 아늑하다. 그곳에 앉아 아무 죄책감도 없이 사람들의 옆모습, 뒷모습을 본다.

창밖을 보는 사람, 이어폰을 꽂고 음악을 듣는 사람, 누군가와 통화하는 사람, 졸다가 차창에 머리를 박으며 화들짝 깨는 사람, 짐이 무척 많은 사람, 빈 좌석이 있는 데도 서서 가는 사람.

평일 오후의 버스가 한적한 도로를 가로지른다. 조금씩 열린 창으로 들어오는 바람에 머리칼이 흩날린다. 버스가 빌딩 숲 사이를 빠져나가는 동안 사람들의 눈가와 뺨, 목과 어깨를 햇살이 핀 조명처럼 훑고 지나간다.

앞모습과 달리 미처 가다듬지 못한 옆모습과 뒷모습은 무방비 상태다. 깊거나 얇게 패인 눈가, 튀어나온 광대, 살짝 벌리거나 꽉 다문 입술, 중력이 만든 주름, 어깨로부터 등으로 떨어지는 둥근 선. 그런 것들을 보고 있으면 궁금해진다. 당신은 어디서 와서 어디로 가는 중인지. 무엇을 믿으며 사는지. 겪어본 가장 큰 절망은 무엇인지. 어린 시절은 어땠는지. 자신보다 아끼는 사람을 만났는지. 그 사랑은 아직 유효한지. 누군가를 죽이고 싶을 만큼 미워한 적도 있는지. 복수나 용서 같은 걸 해봤는지.

눈은 마음의 창이라는 말을 믿지 않는다. 진짜 이야

산책

기는 관자놀이에, 귓바퀴에, 머리칼 끝에 있다. 호흡에 따라 오르내리는 등의 움직임에, 불편감에 못 이겨 자꾸만 고쳐 앉는 자세 속에 있다. 진짜 이야기는 정면에서 보이지 않는다. 경험상 그것은 옆이나 뒤에서 비스듬히 볼 때 다가온다.

그날도 버스였다. 애인과 저녁을 먹기로 하고 약속 장소인 명동으로 가던 참이었다. 주말 저녁 시간이라면 응당 지하철을 타야 할 것을, 기어코 버스를 탔다가 늦고 말았다. 주차장이 된 도로 위에서 버스가 거북이처럼 기어갔다. 시간을 확인할 때마다 조바심이 커졌다. 마음이 편하지 않았던 이유가 늦어서만은 아니었다. 그저께 싸운 후 얼굴을 보는 게 처음이었기 때문이다. 화해하는 날까지 시간 약속을 어기는 여자친구라니, 게다가 나는 아직 그날의 싸움에 대해 할 말이 많은데. 이대로라면 늦어서 미안하다는 말밖에는 할 수가 없을 것이다. 한시바삐 내리고 싶은 마음에 약속 장소에 가까워질수록 목이 빠져라 도로를 살폈다.

내려야 할 정류장은 만나기로 한 빌딩을 조금 지나쳐

서 있었다. 신호란 신호마다 모조리 멈춰 서는 버스 안에서 입이 바싹바싹 말라가던 중 빌딩이 모습을 드러냈다. 하차 버튼을 누르고 싶어서 나는 가만히 있지 못하고 엉덩이를 들썩였다. 지갑을 손에 쥐고 튀어나갈 준비를 하고 있는데 빌딩 앞에서 나를 기다리는 이가 창밖으로 보였다.

그는 그저께 싸울 때와 다르게 평온해 보였다. 크게 기쁜 일도 괴로운 일도 없는 주말이 주는 평온함이었다. 그런데 뭔가 낯설었다. 컬이 살짝 풀린 머리칼 아래에 자리한 눈매, 가만히 한곳을 응시하는 그 눈길에 내가 익숙하게 여기는 그의 다정함이 빠져 있었다. 말하자면 차가운 평온함, 내 앞에서 보여주는 평온함과는 다른 종류의 평온함이었다. 보는 사람이 없을 때 무심결에 흘리는 모습이었다.

가볍게 다문 입, 아무것도 말하지 않는 눈, 걷어 올린 카디건 소매, 바지 주머니에 찔러 넣은 손. 나의 특별한 애인이기 전에 21세기를 사는 평범한 이십 대 남자인 그가 서울 시내 한 빌딩 앞에서 누군가를 기다리고 있었다.

그에게도 고민이 있을 것이다. 여자친구에게 말 못할 고민이 있는지도 모른다. 연락 문제나 말버릇 같은 연인 관계에서 생기는 문제 말고도 사회 진출을 앞둔 이십 대 청년으로서 가지는 압박감, 부모님 기대에 부응하고 싶은 욕심, 쌓여가는 학자금 대출로 인한 답답함 같은 것들. 어쩌면 여자친구는 짐작조차 하지 못하는 어떤 근심에 싸여 있는 것은 아닐지. 마주 보고 싸우던 날에는 보이지 않았던 것들이 멀리 보이는 그의 옆모습에서 흘러나왔다.

앞모습을 믿지 않는다. 앞모습에는 투명한 유리 같은 게 있어서 그의 내면으로 들어가는 걸 방해한다. 눈이 종종 그런 유리가 된다. 눈동자를 통해 상대의 내면으로 들어가는 것이 아니라 그를 보는 내 모습만 발견할 때도 적지 않다. 이해는 요원하기만 하고 영원히 상대를 알 수 없을 거라는 절망이 나를 회의로 몰아넣는다.

그래서인지 누군가와 마주 보고 있으면 왠지 방어적으로 굴고 만다. 내 입장을 똑바로 밝혀야 할 것 같다. 또는 상대의 입장에 무조건 동의해야 할 것만 같은 기분이 든다. 나를 향해 상대가 친 공을 그대로 되받아치거나 되받아치지 못할 수밖에 없는 테니스 같다.

스쿼시는 다르다. 테니스와 달리 스쿼시는 마주 보고 플레이하지 않는다. 나란히 선 두 사람이 벽을 보고 친다. 한 명이 벽을 향해 서브한다. 날아간 공이 벽에 맞아 튕겨 나오면 다른 한 명이 튕겨 나오는 공의 각도를 보고 몸을 움직여 받아낸다. 두 사람이 다양한 각도를 이루며 공을 주고받는다. 오가는 공 사이에 어떤 자리가 생긴다. 대화라면 그것은 질문의 자리일 것이다.

경복궁 담장을 따라 늘어선 나무의 수종은 은행나무다. 봄이면 연한 연둣빛으로, 가을이면 노랗게 물드는 나무들을 하염없이 바라볼 수 있는 카페가 있었다. 지금은 없어진, 기억 속에서만 존재하는 그곳으로 내가 좋아하는 사람들을 초대했었다. 풍경이 아름다워서 좋았고 커피가 맛있어서 좋았고 선곡이 탁월해서 좋았지만, 무엇보다 좋았던 것은 창밖을 보고 나란히 앉을 수 있는 바 테이블이었다.

마주 보지 않아도 된다는 사실만으로도 마음이 편해지는 곳이었다. 사랑하는 이들과 나란히 앉아 담장을 따라 줄지어 선 나무를 보며 대화를 나눴다. 이야기가 창밖으로 던져지고, 담장에 맞아 이쪽으로 돌아오는 동안 내 안에서 질문이 자라났다. 이야기에 의해 그려지는 안온한 각도 속에서 내 생각은 적게 하고 상대에 대해 더 많이 생각했다. 돌이켜보면 그건 나란히 앉아 서로를 향해 떠나는 모험 같다. 스스로를 잃어버리기 위해 떠나는 모험이다.

히터도 에어컨도 필요 없는 계절이 오면 버스를 타고 모험을 떠난다. 맨 뒷줄 구석, 그 안온한 자리에 앉아 핀 조명 같은 햇살 아래 드러나는 이야기를 기다린다. 당신이 흘리는 이야기를 붙잡고 당신의 옆이나 뒤를 통해 들어간다. 그 안에서 나를 잃어버리고 싶다. 그 속에 오래 살고 싶다.

유월

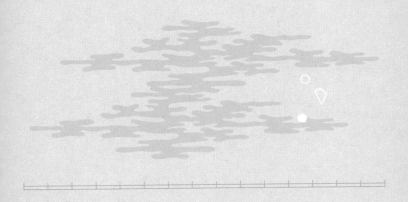

세상의 귀퉁이가 조금씩 녹아내린 냄새,
유월에만 맡을 수 있는 냄새다. 유월의 밤공기 속을 헤매자면
내 모난 마음도 얼마간 녹아내리는 걸 느낀다.
연하고 향기롭고 생기 넘치는 시간,
다시 사랑해야지, 용기 낼 수 있는 시간이다.

✦

저녁을 먹고 공원을 산책했다. 안개 낀 유월 저녁이었다. 이곳 평야 지대는 빛이 사라지는 시간에 안개가 그 자리를 대신한다. 늦은 밤부터 동트기 전까지 자욱하게 깔리지만, 해가 높이 뜨면 감쪽같이 사라지는 이 안개에 익숙해진 지도 어느덧 4년이 되었다.

잦은 비 소식 끝에 찾아온 맑은 날이어서일까, 밤이 깊어 적막할 줄 알았으나 꼭 그렇지는 않았다. 어둠과 안개 속에 모습을 감추고 있다가 산책로 방향이 달라질 때마다 나타나는 사람들과 더러 마주치기도 했다. 무표정하게 홀로 걷는 사람들을 지나치며 알 수 없는 동질감과 혼자 된 기분을 동시에 느꼈다. 길게 늘어진 검푸른 잎사귀 아래에 다다라 숨을 크게 들이쉬었다. 미지근하고 축축한 공기에 이런저런 냄새가 섞여 들었다. 흙과 풀 냄새, 어제 내린 비가 만든 물웅덩이 냄새, 푸르

유월

게 비릿한 냄새들 끝에 근처 주택가에서 실려 온 어느 집 살림 사는 냄새가 희미하게 맴돌았다. 세상의 귀퉁이가 조금씩 녹아내린 냄새, 유월에만 맡을 수 있는 냄새다. 완연히 풀린 날씨 탓이리라. 유월의 밤공기 속을 헤매자면 내 모난 마음도 얼마간 녹아내리는 걸 느낀다.

걷는 동안 지나온 유월들을 생각했다. 한결 연해진 마음을 두드리는 기억은 하나같이 평범한 풍경이다. 무수한 카페, 흔한 거리, 어디에나 있는 노점, 낡은 등나무 벤치와 능소화, 그저 그런 맛의 아이스크림. 그러니까 아무 일도 일어나지 않은 순간, 내지는 무슨 일인가 일어나려다 말아버린 순간. 언뜻 나타났다 사라진 날들과 너무 사소해서 전할 수 없는 모든 날들. 어떤 기억은 오직 유월에만 떠오른다. 다른 계절에는 일부러 생각하려 해도 건너뛰게 되는 기억들이 유월에는 무시로 찾아들어 마음을 흔든다.

그해 유월에 나는 을지로 거리에 있었다. 또는 이렇게도 말할 수 있다. 을지로 거리에는 그해 유월의 내가 있다고. 초저녁 을지로에는 사람이 많았다. 사람들을 피해 다니느라 우리는 어색하게 붙어 걸었다. 반쯤 걷어 올린 소매 밑으로 드러난 맨살이 어쩌다 그의 팔에 닿을 때면 자연스럽게 걷는 법을 잊은 듯 나도 모르게 잠시 몸이 굳었다. 좀 더 가까이 스칠 때면 그가 입은 얇은 상의 아래에 자리한 근육이 느껴졌다. 근육은 엄연히 공기 중에 일정한 공간을 차지하고서 납작한 옷에 입체감을 부여하고 있었다. 나는 새삼 내 몸이 차지한 공간의 부피를 낯설게 가늠해 보았다.

만물이 같은 극을 띠고 서로를 밀어내는 것 같이 느껴지는 날이었다. 제자리에서 떨고 있는 것 같기도 했다. 느리게 흐르는 밤공기 속에서 따로 떨어져 작게 흔들리는 검푸른 잎사귀처럼, 끌어당기는 듯 보이지만 실은 밀어내고 있는 한 쌍의 자석처럼. 그날 우리는 붙어 있었다기보다는 좁은 틈을 사이에 두고 약하지만 선명하게 서로를 밀어내고 있었던 것인지도 모른다.

을지로 거리를 메운 넥타이 부대를 헤치고 찾아간 영화관은 그때까지 가본 영화관 중 가장 낡았다. 빛이 들지 않는 어두컴컴한 공간에 오래된 천이나 쿠션 따위가 내뿜는 특유의 습한 냄새가 팝콘 냄새와 섞여 진동했다. 우리는 인기리에 상영 중인 할리우드 영화 하나를 고르고 지정된 좌석에 앉았다. 상영관도 몇 개 없는 작은 영화관이라 선택지가 없었다. 아직 서로의 영화 취향을 모르기도 했다. 상영관에는 우리 둘뿐이어서 영화를 보며 이따금 대화를 나눴다. 아무도 없는데 서로 귓속말을 했다. 영화가 중반을 넘어 클라이맥스로 가던 중 그가 내 귀에 대고 작게 말했다. "우리 나갈까?"

밤거리는 아까보다 훨씬 왁자한 분위기에 휩싸여 있었다. 치킨과 맥주로 하루의 고단함을 씻어내는 직장인들이 노상 테이블마다 가득했다. 우리는 각자 아이스크림을 하나씩 들고 천천히 걸었다. 그날 그 거리의 사소한 모든 것을 잊지 못한다. 저녁 하늘의 색깔과 빠르게 달리는 자동차 소리를, 극장의 축축한 시트 감촉과 아이스크림 맛을. 지극히 평범한 것들이 어우러져 만들어낸 유월의 냄새, 여름을 예고하는 냄새다.

거기엔 뭔가가 촉발되기 직전의 긴장과 그 긴장이 풀어지는 느낌이 동시에 있다. 이를테면 터질 듯 풍선을 불다가 잠깐 입을 떼는 동안 새어 나오는 바람 같다. 실수로 발사된 신호탄에 순간 긴장이 풀려버린 달리기 선

수의 몸짓 같다. 혹은 첫 사냥을 떠나는 아이가 연습 삼아 허공에 쏘아본 화살이 수풀 사이를 통과하며 만들어내는 꽃대의 떨림 같기도 하다. 그리하여 우리의 팔꿈치와 팔꿈치 사이, 손등과 손등 사이, 귓불과 입술 사이를 가르며 떨고 있었던 것, 그 좁은 틈에서 시작되고 있었던 것, 우리도 모르는 틈에 태어나려 하고 있었던 것은….

그것은 완전히 새로운 시간, 서로를 만나기 전까지 알지 못했던 시간이다. 연하고 향기롭고 생기 넘치는 시간, 유월의 밤공기를 닮은 시간. 우리는 그 시간에 무엇이든 할 수 있고 될 수 있다. 그러므로 다른 무엇보다 사랑할 수 있는, 사랑이 될 수 있는 시간이다. 다시 사랑해야지, 용기 낼 수 있는 시간이다.

실제로 시간은 어느 틈에, 무엇과 다른 무엇 사이에 놓인 거리를 가르며 태어났다. 138억 년 전, 빅뱅이라는 엄청난 폭발로 인해 그 파편이 사방으로 흩어지면서 시간이 시작되었기 때문이다. 다르게 말하면 흩어지기 전에는 시간도 없었다. 시간은 태초의 모든 사이와 틈에서 태어났다. 별은 그렇게 흩어진 파편들이 곳곳에서 다시 작게 뭉치며 밝게 타오른 흔적이다. 흩어져 타오르는 별과 별 사이, 검고 깊은 공간을 가르며 시간이 펼쳐져 있는 셈이다. 흩어져 있는 존재들을 시간이 어떤 식으로든 연결하고 있다는 뜻이기도 하다. 우리는 결코 합일될 수 없지만 시간 덕분에, 시간과 더불어 무언가를 나눌 수 있다. 눈빛이나 대화, 우정과 사랑 같은 것. 사랑의 시작은 시간의 시작과 궤를 같이한다. 사랑한다는 건 시간이 태어나는 일이다. 구태의연한 시간 사이를 가르고 새로운 시간을 펼쳐내는 일이다.

사랑이 새로운 시간을 필요로 하기 때문이다. 사랑에 알맞은 시간이 새로이 태어나야 한다. 타성에 젖은 시간과 단절된 시간, 의무나 죄책감으로부터 자유로운 시간, 무엇보다 확증 편향되지 않은 시간. 새로운 시간에 우리가 나누는 모든 사랑은 그래서 새로운 사랑, 새롭게 하는 사랑이다.

글을 쓰면서 그런 사랑을 확장된 방식으로 경험한다. 쓰는 일이 섣불리 규정하거나 판단하지 않는 일, 익숙한 무언가를 다르게 보려고 노력하는 일이라서다. 대상을 끝까지 보는 일, 대상이 긴장 속에서 부르르 떨 때까지 기다리는 일. 그리하여 마침내 그것이 만들어내는 진동을, 그 떨림이 촉발하려는 사건을 예감하는 일. 쓰는 일은 유월 저녁의 산책과 닮았다. 연한 마음으로 잎사귀의 떨림을 감각하다가 세상을 다시 사랑하고 마는 일이기 때문이다.

3년 전, 슬픔과 미움에 지쳐 제주로 갔다. 슬프고 미운 것들은 육지에 두고 캐리어 하나에 배낭 하나 메고 가서 한 달을 살았다. 작고 조용한 시골 바닷가 마을이었다. 매일 다섯 대의 버스가 마지막으로 멈춰 서는 곳. 일찍 잠들고 일찍 깨어나는 사람들이 사는 곳. 밤이 긴 그곳에서 쉬지 않고 꿈을 꿨다. 같은 꿈을 연달아 꾸고 또 이어서 꿨다. 아침에 일어나면 가슴께가 저릿하고 오래 울음을 삼킨 듯 목이 매캐했다.

하루는 오름에 올랐다. 오름 위는 바람 소리로 쟁쟁했다. 낮 동안 데워진 바람이 빠른 속도로 불어오고 있었다. 귓불 밑에서 치불어 옆머리를 나부끼게 하는 바람이 공중으로 몸을 밀어 올리는 양, 바람을 타고 날아오를 수도 있을 듯했다.

그곳에 앉아 지는 해를 봤다. 오름을 뒤덮은 풀이 풍향에 따라 물결을 이루며 금빛으로 일렁였다. 그러다 갑자기 모든 게 멈췄다. 영원히 지고 있는 중일 것만 같았던 해가 한순간 땅 아래로 사라졌는데 바로 그때 돌연 바람이 멎은 것이다. 바람 소리가 사라진 자리에 정적이 들어섰고 세상이 나로부터 한 걸음 뒤로 물러났다. 공기의 흐름과 함께 시간의 흐름도 멈춘 것 같았다. 세상 속에 있다가 세상 바깥으로 밀려나는 순간, 세상과의 거리가 확보되는 순간에라야만 느껴지는 것이 있다. 나와 이 세계 사이를 가르며 매순간 새롭게 태어나고 있는 시간의 존재가 그렇다. 언제나 그런 순간에라야만 슬퍼하고 미워하는 마음을 이기고 다시 삶을 사랑할 수 있었다.

　제주에 머무는 동안 끊임없이 어딘가로 편지를 부쳤다. 바다와 오름에 대해, 아름답게 일렁이는 것들에 대해 부지런히 써서 보냈다. 하지만 정말로 하고 싶었던 말은 간밤에 꾼 꿈이 의미하는 바와 어제는 괜찮았는데 오늘은 안 괜찮다는 소식과, 그럼에도 불구하고 내가 다르게 살려고 애쓰고 있다는 이야기라는 걸 이제는 안다.

어떤 사실은 뒤늦게 알아차릴 수밖에 없다. 우체국 옆 카페에서 뜨거운 커피 한 잔을 시켜놓고 너에게 보낼 편지를 쓰는 동안 시작되고 있었던 것. 편지를 보내고 돌아오는 버스에서 본 풍경, 그 속에서 떨고 있었던 것. 편지 사이에 가로 놓인 바다, 문장 사이에 비워진 공백을 가르며 태어나길 기다리고 있었던 것은….

시간이 흘러 다시 읽어본 편지에서 알아차리는 사랑도 있다. 따뜻한 빛으로 충만한 계절에는 몰랐는데 춥고 밤이 긴 계절이 되어서야 아는 사랑이 있듯이. 건물과 건물, 도로의 이편과 저편, 나와 너 사이를 채우며 펄펄 내리는 눈을 보며 비로소 아는 사랑도 있듯이.

산책은 자정이 다 되어 끝났다. 집으로 돌아가기 위해 공원을 빠져나와 횡단보도 앞에서 걸음을 멈췄다. 안개 낀 도로를 질주하는 차들 위로 감귤빛 신호등이 소리 없이 점멸하고 있었다. 얼마 뒤 신호등이 붉은 빛으로 바뀌었고 정지선 앞으로 차 두어 대가 멈춰 섰다. 도시 전체가 순식간에 적막에 잠겼다. 그때 알았다. 같은 자리에서 빙글빙글 돌아가는 카세트테이프 릴처럼,

시간은 흘러서 가는 것이 아니라 다시 돌아온다.

　그러니까 매년 이맘때 소환되는 기억은 이런 것들이다. 모호했던 순간, 스쳐 간 인연, 뒤늦게 깨달은 사랑. 어느 틈에 퍼지고 있었으나 미처 알아차리지 못한 희미한 파문들이 이제야 또렷해지는 이유는 유월의 밤공기 때문이라고, 나는 핑계를 대고 싶은 것이다.

눈

눈부시게 진다. 질 때마다 낯선 세상이 환하게 떠오르고
거기엔 내가 모르는 게 많다.
삶은 나를 넘어뜨리는 방식으로 일으키고,
내가 아는 말을 앗아가는 방식으로 새로운 말을 준다.

흐린 겨울날이면 눈이 오려나 싶다.

낮도 밤 같고 밤은 더 밤 같은 날. 잿빛으로 축축한 거리에 대낮부터 불빛들이 떠오르고, 물 먹인 솜 가운데 들어와 있는 듯 먹먹하게 조용한 날이면 남몰래 하는 일이 늘어난다.

빈 손바닥을 뒤집어 하늘을 향하게 하는 일. 혹시 내리고 있을지 모를 눈을 목도하려 허공을 응시하는 일.

어릴 땐 시큰둥하더니 이제 와 눈을 좋아하는 것은 어쩐 일일까.

먼지 같은 눈이 바람을 타고 날아와 눈동자 앞에 매달린다. 속눈썹의 길이가 분명해진다. 눈에 대한 내 마음이 입장을 표명하는 순간, 소리 없이 쌓여온 뜨거움이 크고 하얗게 모습을 드러낸다.

하지만 깜빡하는 사이 눈은 금세 물이 되고, 무언가

를 좋아하는 마음을 붙박아 두는 일 또한 내겐 그처럼 어렵다. 소리 내어 고백하는 일은 영 불가능하다.

잠깐이지만 낭독을 배웠다.

석 달이 조금 안 되는 짧은 기간, 내가 배운 것은 소리 내어 읽는 법이라기보다 소리를 내는 법 그 자체였다.

말을 오랫동안 하지 않으면 목소리가 약해진다는 걸 경험으로 알고 있다. 듣고 싶은 이야기가 더는 남아 있지 않아서 한동안 말을 쉬었다. 내가 말을 하면 다른 누구보다 내가 듣는다. 자꾸 들으면 잘 기억하게 된다. 나는 내가 가진 이야기를 잊으려고 말을 관뒀다.

이야기는 말을 숙주 삼아 살아남고, 따라서 말해지지 않는 이야기는 죽는다. 침묵 속에서 나는 내가 가진 이야기가 힘을 완전히 소진하길 기다렸다. 제 소리를 망각할 때까지, 소리로 뭉쳐지지 못하고 부스러져 흩어질 때까지.

말할 상대가 없기도 했다. '이거 얼마예요'라든지 '영수증은 버려주세요'처럼, 생활을 하려면 이런저런 말을 하기는 해야겠지만 대화다운 대화는 하지 못했다. 궁금한 사람도, 나를 궁금해하는 사람도 없었다.

쓰지 않는 근육은 굳거나 약해지기 마련이다. 성대는 근육의 일종이고, 말하는 일은 근육운동과 같다. 여기엔 혀 근육도 포함된다.

말을 쉬는 동안 혀는 굳고 성대는 약해졌다. 가냘프고 뻣뻣한 근육으로 내는 소리가 불안정하기 짝이 없었다. 음이 튀거나 발음이 꼬일까 봐 신경이 쓰여서 꼭 해야 하는 말이 아니면 삼켰다. 하고 싶은 말의 삼분지 일만 했다. 푹푹 눈 내리는 숲속, 나무가 속으로 내지르는 한밤중의 비명처럼, 잘못 튀어나온 소리를 스스로 듣는 일이 주는 상처는 은밀하고 깊었다. 나는 어느덧 느리게 말하는 사람이 되었다.

그렇다고 해서 예전엔 지금보다 빠르게 말했다는 뜻은 아니다. 실은 기억이 잘 나지 않는다. 원래도 그다지 빠르게 말하는 편은 아니었는지도 모른다.

흔히들 그러듯 옛날엔 다 좋았다는 식으로 기억하고 있을 가능성도 있다. 말을 쉬었다고는 하지만 불과 일이 년 정도인데다 아예 하지 않은 것도 아니니까. 나의 느낌 정도에 그치는 어색함이라서 정작 듣는 사람은 느끼지 못했을 수도 있다. 심각한 표정으로 의사에게 털어놓는다면(실제로 털어놓은 적은 없지만) 한두 해 말 좀 적게 했기로서니 목소리가 불안정해지다니, 그럴 가능성은 매우 낮다고 일축할 것이다. 신경 쓰는 일이 있느냐며, 과도한 스트레스는 건강에 좋지 않다고 조언도 해줄 것이다.

잘 모르는 고통을 '신경'이나 '스트레스' 따위의 단어에 떠넘기는 것은 현대 의학의 천성, 신경을 쓰거나 스트레스를 받는 것은 나의 천성이므로 나는 병원 대신 낭독을 배우러 다닌 셈이다. 신경과 스트레스가 남긴 후유증을 해결하고자 나름대로 강구한 묘안이었다.

그런 생각은 어느 평범한 아침에 찾아온다.

이마를 짚고 드러누워 인생이나 처지에 관해 혼자 구시렁거리며, 앓는 소리를 내며, 견디듯 보낸 수다한 날들 끝에 적요한 방을 느끼는 아침이 온다.

이불 바깥의 공기가 새삼스럽게 느껴지는 아침에, 집 안에서 나는 작은 소리들이 선명하게 들리고 그 소리들을 감싸 안으며 부드럽게 퍼져 나가는 빛 속에 나 또한 존재하고 있음을 깨닫는 아침에, 우리는 뭔가를 생각해

낸다.

다 좋았던 옛날로 돌아가는 방법이 아니다. 없었던 일처럼 새로 시작하는 방법이 아니다. 여기 난장판 안에서, 난장판을 보면서, 난장판을 기억하면서 살아갈 수 있는 가능성을 엿본다. 그 가능성을 실현할 기발한 방법을 생각해 낸다. 그 방법은 다음과 같다.

이불 밖으로 걸어 나간다. 침구를 정리하고 창문을 활짝 연다. 밀린 설거지를 하고 행주를 깨끗하게 빨아 넌 후 청소기를 돌린다. 냉장고를 열어 물컹한 애호박이나 말라비틀어진 청양고추 따위를 버린다. 새로 장을 봐 국을 끓이고 밥을 짓는다.

그런 아침을 수백 번 반복하고 나서야 밤 다음에 아침이 온다는 사실을 배웠다. 후에 다시 밤이 온다는 사실은 도무지 받아들이기 힘들었지만 가까스로 이해했다. 난장판을 만들고 치우길 반복하면서 난장판과 함께 살아가는 법을 익혔다. 그건 난장판에 지는 것과는 달랐다. 비슷하지만 같지는 않았다.

모든 게 똑같은 채로 모든 게 달라지는 데 걸리는 시간을 어떻게 계산하는지 아직도 모르겠다. 내가 아는 것은, 기발하지 않은 일을 기발한 마음으로 하기 위해 상상력이 필요하다는 것과, 상상력은 민첩함이나 번뜩이는 재치, 유려한 말솜씨와는 거리가 멀다는 것이다.

처음 말을 배우던 시절을 잊은 채로 살아가야 한다는 사실은 몹시 애석하다. 단어 하나도 몰랐던 아이가 어느새 작은 입을 오물거려 더없이 완벽한 한 문장을 만들어내기까지 무슨 일이 벌어지는 걸까. 어쩌면 폭력적일 만큼 한꺼번에 닥쳐오는 온갖 새로운 것들을 받아내는 동안, 그 작은 머리와 가슴 속에서는 정말이지 무슨 일이 일어나고 있는 것일까.

그 시절 내가 세상을 대하던 태도의 반의반만이라도 기억해 낸다면 나는 수선修繕의 천재가 될 자신이 있다.

'아, 이게 귤이야? 감이라고 하지 않았어? 아니라고? 그렇구나.'

'치타라는 게 있어? 지난번에 알려준 고양이랑은 다른 거야? 비슷해 보이는데.'

세상을 이해하기 위해 아이는 계속해서 자신을 수선할 수밖에 없기 때문이다. 세상은 아이가 태어나기 전부터 이것은 귤이고 저것은 감이며 고양이와 치타는 다르다고 정해두었다. 무엇보다 아이에게는 선택권이 없다. 아이는 무슨 일이 있어도 귤과 감을 구분한다. 고양이와 치타의 다른 점을 기어코 찾아낸다. 아이는 눈앞에 닥쳐오는 온갖 새로운 것들에 유연하게 반응한다. 망각은 배움에 있어서 필수고 아이에게 그 둘은 다르지 않다.

겨우 하나를 배우는가 싶으면 도로 잊어야 하는 일, 아이에게는 다반사로 일어나지만 어른인 우리에게 그것은 결정적 실패고, 다행히 아이는 실패가 무엇인지조차 모르기 때문에 그 일을 기꺼이 해낸다. 아이는 세상이 무엇인지 모른 채로 세상을 배운다. 자신이 무엇을 하고 있는지 모른 채 어떤 일을 하고 그 일을 수백 날 반복한다.

그러는 동안 아이의 가슴속에 완벽한 한 문장이 자리 잡는다.

몇 번의 계절을 침묵 속에서 보내고서야 간신히 그려지는 ㄱ과 ㄴ, ㅏ와 ㅗ. 그리고 마침내 문장이 태어나는 순간, 그 첫 문장이 새벽녘 어둠을 가로지르는 한 줄기

빛처럼 아이의 가슴속에 떠오를 때, 아이는 비로소 마주한다. 자신이 해오던 게 무엇이었는지, 수백 번의 아침을 통과해 달려오고 있었던 소리, 세상이 자신에게 하려던 말이 무엇이었는지.

이때 아이가 세상을 이해하기 위해 십분 발휘한 능력, 느리고 모호하며 더듬더듬하는 방식으로 작동하는 그것을 상상력이 아니면 다른 어떤 말로 설명할 수 있을지. 우리는 우리가 발휘할 수 있는 최선의 상상력을 동원해 상상력에 관한 관념을 수선해야 한다.

상상력이 만약 모르는 무언가를 이해하는 데 도움을 주는 능력이라는 데 동의한다면, 그것은 어떤 것을 떠올리는 능력이 아니라 어떤 것을 잊는 능력으로 먼저 발휘되어야 한다. 알았던 것을 잊고, 할 수 있었던 말을 버리고, 아무것도 아닌 존재로 돌아갈 용기로 작동해야 한다.

상상력을 발휘하는 건 너무도 어려운 일이어서, 내게 다른 선택지가 있었다면 나는 아마 상상력을 발휘하는 대신 그걸 택했을 것 같다. 내가 가진 이야기, 오래 지녀

온 그 낡은 서사를 잊기 위해 말을 쉬는 동안 가장 괴로웠던 것은, 계속해서 '모르겠다'고 말해야 하는 일이었다. 나에 관해, 내 인생에 관해, 내가 통과했고 통과하고 있으며 앞으로 통과할 시간의 의미에 관해 제대로 설명할 수 없는 상태를 견디는 일이었다. 타인과 나 자신으로부터 이해받을 가능성을 포기하는 일이었다.

하지만 내가 가진 이야기가 세상을 이해하는 데 더는 도움이 되지 않고 오히려 방해가 된다면, 내가 짜깁기한 서사가 내 시야를 흐리게 하고 번번이 나를 걸어 넘어뜨린다면, 나에게는 선택권이 없었다.

중요하게 여기는 인생의 조각들을 내 손으로 무대 위에서 끌어내리고 빛을 거두고 소리와 의미를 빼앗는 과정은, 나의 서사만이 아니라 나 자신이 찢기는 듯했다. 필요한 과정이었다는 말은 지나고 나서나 할 수 있는 말이다. 고통 속에 처한 사람에게 차마 할 수 없는 말이라는 뜻이다. 아직 겪지 않은 사람에게는 물론 꺼낼 필요도 없다. 그게 아무리 큰 깨달음을 가져다준다고 해도 그렇다.

나는 여전히 하고 싶은 말의 삼분지 일밖에 할 수 없

다. 진실된 이야기는 어째서 드문지, 왜 숨겨져 있는지, 적지 않은 시간과 마음을 대가로 치른 후에야 어렴풋이 납득했다. 여하간 인생과 하는 힘겨루기에서 나는 언제나 지고 만다.

눈부시게 진다. 질 때마다 낯선 세상이 환하게 떠오르고 거기엔 내가 모르는 게 많다. 삶은 나를 넘어뜨리는 방식으로 일으키고, 내가 아는 말을 앗아가는 방식으로 새로운 말을 준다. 나는 어느새 졌다는 사실도 까먹고 삶이 선사하는 것들을 기쁘게 누린다.

요즘 나는 새로 배운 말을 더듬더듬 소리 내어 발음해보고 세상의 얼굴을 살핀다. 웃는가, 고개를 가로로 젓는가. 그의 손가락이 향하는 곳과 그의 입을 번갈아 쳐다본다. 나비가 나비로, 그네가 그네로, 구름과 모래가 자체로 완벽하고 서로 조화롭다. 아마도 내가 아이였을 때 보았던 세상처럼, 모든 게 제자리에 있다고 믿을 수도 있을 것 같았다.

평온한 세상 속에서 나는 조용히 걸어 다니고, 조용히 잠들었다. 한동안은 쓰지도 않았다. 마음은 파도가 사라진 바다가 되었다가, 돌 던지는 이 없는 강도 되었다. 파문이 일지 않는 수면 위에 비친 세상은 기억이 시작된 시간 이래로 가장 온전한 모습이었다.

그보다 더 온전한 모습은 기억할 수 없는 시간 속에 있을 것이다. 처음 말을 배우던 시절, 침묵 속에서 보낸 몇 번의 오롯한 계절에.

새로이 배우는 말 중에는 나 자신에 관한 것도 있다. 더 알 게 없다고 생각했는데, 지겨워서 그만 보고 싶었는데.

물론 어떤 면은 한결같고, 변함없는 모습이 대부분이지만, 절대 같지는 않다. 모든 게 같은 채로 모든 게 달라졌다. 불완전한 세상을 온전하게 바라보는 방식으로, 그런 방식으로 내가 온전하다고 느낀다. 내가 내는 소리도 어느 정도 들어줄 만하다.

이제 나를 소개하는 새로운 말을 가지고 있다.

나는 엉뚱해요. 나는 잘 웃어요. 궁금한 게 많아요. 그리고 눈을 좋아한답니다.

세상이 나에 관해 가르쳐준 말이다.

몇 번의 웅얼거림 끝에 그 말을 하고 세상의 얼굴을

살폈을 때, 그가 나를 보며 조용히 웃었고 고개를 끄덕였다.

서점

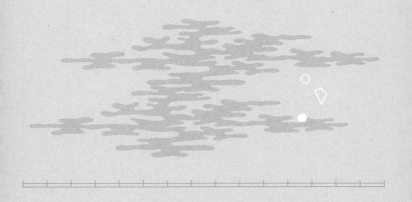

서점으로 가 딱 한 권의 책을 사서 가방에 넣고
아무 곳이나 쏘다닌다. 읽기 위해서 종종 기차를 탄다.
책을 읽다 보면 아버지에 관한 생각을 멈추게 된다.
아니다, 이 말은 틀렸다. 책을 읽다 보면 아버지에 관한
새로운 생각을 하게 된다. 나는 멀리 간다.

책을 왜 빌려 보지 않고 사서 보냐고 묻는 사람들이 간혹 있다. 기술의 발전에 힘입어 한 야채의 이름을 딴 서비스가 맹활약 중인 최근 몇 년 사이, 공유 경제가 일상이 되었다고는 하지만 유독 책에 관해서만 그러한 질문을 듣는 듯한 느낌은 단지 기분 탓일까. 물론 공유 경제 같은 개념이 유명해지기 전에도 이 질문은 유효했다. 도서관이 있었으니까.

다른 건 몰라도 책은 다들 빌려 본다. 옷은 사서 입고, 가방도 사서 들고, 신발도 사서 신지만 책은 빌려서 읽는다. 자동차는 사서 타고, 골프채 역시 사서 치고, 컴퓨터도 사서 쓴다. 빌릴 수도 있지만 어디까지나 차선책이다. 살 여력이 되지 않을 때의 얘기다. 하지만 책은 역시 빌려 보는 게 맞다. 대체 왜?

이게 다 도서관 때문이다. (그리고 나는 도서관이 아니

소설

다. 그러니 책 빌려달라는 부탁은 하지 말아주었으면.) 책을 굳이 사지 않을 이유란 명백하다. 너무 명백해서 언급할 가치가 없을 정도다. 공짜로 빌려주는 데가 있는데 뭐 하러 돈을 주고 산단 말인가. 무언가를 빌려주는 서비스야 많지만, 담보나 대가를 요구하지 않고 빌려주는 경우는 흔치 않다. 훼손하지 않고 도로 갖다주기만 하면 된다는, 터무니없이 헐렁한 조건으로 도서관은 순순히 책을 빌려준다. 심지어 어지간한 훼손에 관해서는 딱히 따져 묻지도 않는다.

실정이 이러하다 보니 사람들은 책이란 것에 자연히 관용을 기대하게 되고, 책을 좋아하는 사람에 관해서도 그런 기대를 품는 게 아닌가, 나는 합리적으로 의심하는 바이다. 그렇지 않고서야 왜 내가 당연히 책을 빌려줄 것이라고 기대하는지 설명하기 어렵다. 평소 그다지 너그러운 편도 아닌데 말이다.

이래서는 안 된다. 도서관은 지금보다 더 체계적이고 엄격해져야 한다. 기술이 이렇게나 발전했는데 도서관이 아직도 주먹구구식(?)으로 운영되어서는 안 된다. 누가 어떤 책을 어떻게 훼손했는지, 어디에 줄을 긋고 동그라미는 몇 번이나 쳤는지, 어느 페이지를 어떤 식으로 접었는지 낱낱이 색출해 벌해야 한다. 그러자면 지금과 같은 방식, 그러니까 앞으로 휘리릭, 뒤로 휘리릭, 한 손으로 책등을 잡고 다른 손으로는 종이를 팅기는 방식으로 책의 훼손 여부를 판단해서는 역부족이다. 최첨단 인공지능 판독기를 도입, 이전에 빌려간 책의 상태와 비교하여 훼손의 여부를 5퍼센트 유의 확률로 판정해 처벌의 필요성과 이후의 대출 가능 여부를 결정하도록 하자.

이제 사람들은 도서관에 책을 빌리러 갈 때마다 한껏 긴장할 테다. 렌트카를 반납할 때처럼, 책을 반납할 때도 입이 바짝바짝 마를 것이다. 혹여나 무심코 훼손한 곳이 없는지, 사람들은 책의 구석구석을 살피고 또 살핀다. 서로 네가 먼저 반납하라며, 관용 같은 것은 모르는 인공지능 판독기의 눈치를 보며 책을 든 손에 땀을 쥔다. 기술이 이렇게나 발전한 덕분에, 책은 함부로 빌려 보는 게 아니라는 인식이 사회 전반에 널리 퍼질 순간이 머지않았다. 책을 왜 사서 보냐고, 대체 그런 짓을 왜 하냐는 투의 질문을 더는 듣지 않아도 될 날이 성큼

다가오고 있다.

흥미로운 사실은, 책을 왜 사서 보냐고 물어봤던 이들 중 상당수가 책을 즐겨 읽지 않았다는 점이다. 책에 별 흥미가 없는 어떤 사람이, 남이 책을 빌려서 읽는지 사서 읽는지에 대해서는 관심이 많다는 것은 무얼 의미하는가.

나로 말하자면 냄비 자체에는 크게 관심이 없다. 그보다는 적당한 냄비를 저렴하게 구매하는 방법, 가령 할인율이 높은 쇼핑몰은 어디인지, 세일 기간은 언제부터 언제까지인지에 흥미를 느끼는 편으로, 이러한 예시는 얼마든지 더 만들어낼 수 있다. 내가 책에 흥미를 느끼듯, 다른 누군가는 냄비에, 자전거에, 숟가락에, 양탄자에 더 흥미를 느끼며, 이는 지극히 자연스러운 현상이다.

오히려 진짜 문제는 다음과 같다. 남이 책을 빌려서 읽는지 사서 읽는지보다 책 자체에 내가 관심이 더 많다는 것, 그러느라 팽개쳐 둔 일이 많다는 것.

나는 책을 읽느라 이외의 다른 일, 예컨대 남들이 관심을 둘 만한 분야를 한발 앞서 예측하고 그곳에 진을 치고 기다리는 일 따위에 지나치게 무심했다. 나는 남들의 관심사, 이를테면 사람들이 책 자체보다는 책을 빌려서 볼지 사서 볼지의 문제에 관심이 더 많다는 사실에 마땅한 관심을 기울였어야 했다. 그랬다면 지금 맹활약 중인 그 서비스, 한 야채의 이름을 딴 서비스와 비슷한 무언가를 만들어낼 수도 있지 않았을까. 혹은 그 서비스를 만든 회사에 취직해야겠다는 결심이나마 해볼 수 있지 않았을지.

그럼에도 나는 순진하게도 오랫동안, 내가 다른 무엇이 아닌 책을 좋아한다는 사실을 퍽 다행으로 여겼다. 책을 좋아하듯 음악을 좋아했다면 수도권, 지방 가릴 것 없이 온갖 공연을 쫓아다니고 한정판 앨범과 그에 걸맞은 스피커를 사 모으느라 궁핍을 면하지 못했을 테다. 만약 책을 좋아하듯 그림을 좋아했다면, 온갖 전시를 섭렵하다가 컬렉터가 되겠다는 헛된 욕심으로 경매장을 기웃거리던 중 빚더미에 앉았을 가능성을 아주 배제하기 어렵다. 하지만 줄곧 책을 좋아해 온 내가 아직도 부자가 되지 못했다는 점은 미스터리다.

내가 부자가 되지 못한 것은 역시 책의 문제일까.

부자가 되는 방법에 관한 책이 연일 불티나게 팔리고 있는 와중에 이는 명백한 실언이다. 나는 책을 탓할 게 아니라 그런 책을 읽지 않는 편중된 독서 이력을 탓해야겠고, 또 지극히 편협한 나의 견해를 탓해야 한다. 독서라는 방법으로 부자가 되기란 어렵다는, 부자가 되는 방법 중 가장 가능성이 떨어지는 방법이야말로 독서가 아니겠냐는 견해가 바로 그것이다.

어떤 사람이 지금 부자가 아니면서 부자가 되는 방법을 책으로 공부하고 있다면 그는 정말로 부자가 되기는 어려우리라, 감히 확신한다.

세상에는 책과 유독 상극인 분야가 있는데, 그중 제일이 연애고 둘째가라면 서러울 것이 돈이다. 연애가 책과 얼마나 상극이냐 하면, 연애에 관한 책을 읽으면 읽을수록 더욱 연애를 못하게 되는 정도랄까. 연애를 책으로 배운 사람이 연애를 잘할 리 없는 것과 같은 이치로 돈을 잘 버는 방법 또한 책으로 배울 수는 없다. 책이 현대인에게 가장 중요한 두 가지, 연애와 돈벌이에 도움은 주지 못할망정 훼방이나 놓는 마당에 사람들이 책에 흥미를 느끼지 못하는 것은 지극히 당연한 현상이다.

국가적 차원에서도 독서는 권장할 만한 취미가 전혀 되지 못한다. 사람들이 책만 읽다가 연애를 못하면 결혼도 어려워질 테고, 출산도 자연히 물 건너가는 게 아니겠는가. 사람들이 책만 읽다가 돈벌이에는 영 흥미도 능력도 잃어버린다면 시장경제가 어떻게 굴러가겠는가. 세금을 어디서 징수하겠는가.

부모들도 경각심을 가질 필요가 있다. 아이에게 책이라는 것을 함부로 권해서는 안 된다. 부모가 아이의 장래를 사회적, 경제적으로 완전히 책임질 수 있다면 모를까. 요즘 같은 세상에 오롯이 혼자 힘으로 연애와 돈벌이를 해내야 하는 아이에게 책이라니, 가당치도 않다.

물론 이 나라의 부모들은 경제 활동과 양육을 병행하며 집안 살림까지 해내느라 책이 가진 위험성을 간파할 여력이 없다. 무릇 모든 책임을 가정에 돌릴 수는 없으니 교육부가 나설 차례다. 화재 예방 포스터처럼, 독서 예방 포스터 그리기 대회를 해마다 개최하는 것은 어떠한가.

사회 경제적 비용을 따져보면 독서가 화재보다 덜 위

험하다고 하기도 어렵다. 책은 멀쩡한 것에 불을 지른다. 멀쩡한 줄 알았던 것, 또는 멀쩡하다 믿고 싶은 것만 골라 재로 만든다. 멀쩡한 무언가에 불을 댕기는 것이 책의 목적이다. 그것만이 책의 유일한 목적이다. 목적을 달성하는 책만이 책으로서 유효하다.

　나는 내가 멀쩡하다는 게 믿기지 않아서 책을 읽었다. 내가 망가졌다는 사실을 확인하려고, 어디가 어떻게 망가졌는지, 왜 망가졌는지 이해하기 위해 읽었다. 멀쩡한 사람은 책을 읽지 않는다. 실제론 멀쩡하지 않지만 스스로 멀쩡하다고 믿는 사람도 책을 읽지 않는다. 책을 읽는 사람은 어딘가 망가진 사람, 자신이 망가졌음을 아는 사람이다.

　이미 망가진 사람만이 책을 읽기 때문에 멀쩡한 것에 불을 지르겠다는 책의 목적은 달성되지 않는다. 책은 목적을 달성하기도 전에 이미 실현된 자신의 의도를 내게서 보았을 것이다. 책은 실패한다. 또한 책은 써지기도 전에 성공을 거둔다.

　내가 열 살이 되자 아버지는 일요일마다 동네 서점에
나를 데려갔다. 교회 대신 서점엘 다닌 셈이다. 동생이
좀 자라면서부터는 동생도 함께 다녔지만 어머니와 함
께 간 적은 거의 없다. 책은 늘 아버지와 나 사이의 무언
가였다.

　책을 읽는 사람은 혼자가 된다는 사실을 아버지는 알
고 있었던 게 틀림없다. 여럿이 모여 읽어도 결국엔 혼
자 읽게 되는 것이 책이다. 책은 사람을 개인으로 만든
다. 아버지는 어머니나 내가 다른 사람들과 어울리는
꼴을 보지 못했다. 그는 나를 혼자서 독차지하려고 내
게 책을 읽혔다. 내가 방에서 혼자 책을 읽고 있으면 웬
만해선 건드리지 않았다.

　꼭 그래서 내가 책을 좋아하게 된 것은 아니다.

　아내가 책 읽는 걸 그가 특별히 바란 적은 없다. 그는
아내가 자신보다 똑똑하지 않으면서 누구보다 성실하
고 거짓말을 할 줄 모르는 여자라서 결혼했다. 어머니
가 밤중에 졸음을 참아가며 책을 읽을 때 아버지는 속
으로 두려웠을지도 모른다.

내 어머니는 실제론 멀쩡하지 않지만 스스로 멀쩡하다고 믿는 부류다. 그녀는 지식과 교양을 얻고 싶을 때만 책을 읽는다. 그녀에게 책은 멀쩡함 그 자체다. 나는 그녀가 책을 읽든 말든 두렵지 않다. 내가 두려운 건 그녀처럼 살게 되는 것이다.

그날도 나는 일요일을 맞아 아버지 손에 이끌려 서점에 갔다. 아동문학 코너에서 내게 사줄 책을 고르던 그가 이렇게 말했다. 책은 한 번에 한 권씩만 사서 보는 것이다.

그 말만 하고 끝이었다. 이유는 알 수 없었다. 그는 원래 무슨 얘기를 하든 이유를 설명하지 않았다. 이유를 말하면 반박당할 위험이 있기 때문일까.

그가 설명해 주지 않은 이유들이 많아서, 나는 터무니없이 오랜 시간 아버지에 관해 생각해야만 했다. 책은 왜 한 번에 한 권씩만 사야 할까. 지난번 생일에 아버지는 왜 내 뺨을 때렸을까. 왜 아버지가 허락한 길로만 다녀야 할까. 아파트 뒤편 길로는 왜 다니면 안 될까. 영어학원은 왜 하필 마트를 지나 사거리가 있는 길로만 다녀야 할까. 아버지는 왜 자꾸 내 뒤를 밟을까. 다른 길로 다닌 걸 들킨 날에는 왜 혼나야 할까. 아버지는 왜 내 일기장을 훔쳐볼까.

어렸을 때 나는 아버지를 생각하느라 바빠서 다른 걸 생각할 시간이 없었다. 나는 아버지에 관한 내 생각을 정리해 일기장에 적었다.

나는 아버지가 싫다. 나는 멀리 가고 싶다.

일주일에 한 권씩 아버지가 골라준 책을 읽었다.《나의 라임 오렌지 나무》,《톰 아저씨의 오두막》,《허클베리 핀의 모험》,《수레바퀴 아래서》,《키다리 아저씨》같은 작품들을, 원작으로는 아니고 어린이를 위해 쉽게 쓰인 책으로 읽었다. 그가 골라주는 책이 하나같이 재미있어서 나는 매주 한 권씩 책을 읽는 데 아무런 불만도 없었다. 불만이 없는 정도가 아니라 서점에 가는 날을 손꼽아 기다리고, 그가 또 어떤 책을 골라줄지 기대했다.

내가 가장 감명 깊게 읽은 책은《나의 라임 오렌지 나무》였다. 내 아버지는 제제 아버지처럼 나를 허리띠로는 때리지 않아서 얼마나 다행이었는지. 제제를 생각하면 마음이 아팠다. 나는 친구네 아파트 화단에 심긴 나무 중 괜찮아 보이는 녀석을 골라 밍기뉴라 이름 짓고, 제제가 하루빨리 집에서 도망치기를 진심으로 바랐다.

'일요일에는 서점에 간다. 책은 한 번에 한 권만 산다.' 그것은 아버지와 내가 최초로 이루어낸 합의였다. 마지막으로 이루어낸 합의이기도 하다.

중학교에 입학한 뒤로 아버지는 더 이상 나를 서점에 데리고 가지 않았다. 학교에서 지내는 시간이 늘어났고, 공식적으로 가족 이외의 사람들, 그러니까 친구들과 많은 시간을 보낼 수 있게 되었다. 열넷, 열다섯의 나는 내가 좋아하는 그 애 마음속에는 어떤 여자애가 있는지, 내일 기술가정 시간에 아무개랑 자리를 바꿔 앉아 뒷줄에서 떠들고 놀 수 있을지, 오늘도 선생님의 눈을 피해 화단 풀숲에 실내화를 숨길 수 있을지, 그래서 스타일 구기는 못생긴 실내화 주머니를 가지고 다니지 않을 수 있을지 따위가 고민이었다. 내 인생은 학교에 있었고 친구가 중요했다. 우정과 사랑, 고백과 질투의 세계가, 책과는 비교도 안 될 만큼 흥미진진한 세계가 내 앞에 펼쳐졌다.

하루는 학교가 파하고 친구랑 놀다가 집에 왔는데 아버지가 컴퓨터 앞에 앉아 있었다. 다른 가족들은 다 어디에 갔는지 보이지 않고, 불을 켜지 않아서 집은 침침했다. 아버지가 있는 거실 한쪽 구석만이 모니터가 발하는 빛으로 푸르스름했다.

스크롤을 내리거나 클릭할 때 나는 마우스 소리에 맞추어 아버지의 얼굴이 빛을 받아 번득였다. 다녀왔습니다. 인사를 하고 재빨리 방으로 들어가려는데 그가 나를 보지도 않고 불러세웠다. 너 이리로 와.

열 발짝 남짓한 걸음 끝에 아버지 옆에 섰을 때 그가 비로소 고개를 돌려 나를 쳐다보았다. 채팅했니.

그즈음 나는 친구들과 채팅하는 데 빠져 있었다. 학교가 끝나면 집으로 달려와 메신저를 켜놓고 같은 반 친구들이 로그인하길 기다리는 게 낙이었다. 친구들과 채팅을 하다 보면 집에서 지내는 시간도 조금은 견딜 만했다. 어느 날 저녁 아버지가 밥상 앞에서 나에게 말했다. 채팅하지 마라. 이유에 관해서는 역시 침묵이었다.

소금

방문한 페이지

　곁눈질로 본 모니터에 내가 접속했던 웹페이지의 주소들이 떠 있었다. 아버지가 들어가지 말라고 했던 채팅 사이트 주소도 그중에 있었다. 들키지 않으려고 번번이 메신저를 삭제하다 보니 다운로드하러 들락날락한 흔적이었다.

　쫙.

　알아챌 새도 없이 날아온 손바닥에 정신을 차려보니 이미 뺨을 맞은 후였다.

　하지 마라, 채팅.

　그 말만 하고 끝이었다. 그날도 이유는 듣지 못했다. 이유는 아버지가 말해주는 게 아니라 내가 알아내야 하는 것이기 때문이다. 그게 아버지와 나 사이의 규칙이다. 하는 수 없이 또 아버지에 관해 생각한다. 아무리 다른 일에 몰두하려 해도 아버지를 생각하게 된다. 아버지를 이해하는 데 쓴 시간에 다른 걸 했으면 나는 지금쯤 무슨 일을 하고 있을까. 훌륭한 사람이 되었을까.

　아버지와 서점에 다니던 시절은 지났지만, 그래도 종

종 혼자 서점에 갔다. 같이 떡볶이 먹고 노래방 갈 친구는 없는데 집에는 있기 싫은 일요일이면 서점에 가서 시간을 때웠다.

나는 아버지가 일러준 대로 딱 한 권의 책을 고른다. 한 권만 살 수 있기 때문에 신중해야 하지만 크게 걱정은 하지 않는다. 이제껏 읽은 책이 다 재밌었으니까, 웬만하면 재밌는 게 책 아닌가. 그렇게 대수롭잖게 생각하고 사 온 책들이 너무 지루해서 깜짝 놀랐다. 세상에는 지루한 책도 있구나.

운이 나빴던 거겠지, 처음 두세 번 실패할 때까지는 그렇게 생각했지만 실패가 거듭될수록 단순히 운 때문이 아닌 듯했다. 아버지가 골라준 책은 전부 재밌었는데, 시간 가는 줄 모르고 읽곤 했는데 왜 내가 고른 책은 이토록 지루한지, 반쯤 읽다 처박아 놓게 되는지.

어쩔 도리 없이 또다시 아버지를 생각했다. 그가 책을 고르는 모습이나 주로 서성이던 서점 책장의 위치를 떠올리려 애썼다. 골라준 책들의 표지나 제목에 어떤 공통점이 있는지 내 나름대로 분석도 하면서. 책 제목에 등장인물 이름이 들어가면 재밌을 확률이 높은가 보다, 하는 잘못된 결론을 도출하기도 했다. 특히 아버지가 책을 고를 때 어디를 펼쳐보았는지를 기억해 내려고 노력했다. 앞부분이었나, 중간 아니면 뒤쪽인가. 어디를 확인해야 그 책이 재밌는지 아닌지를 알 수 있지. 서점에 갈 때마다 나는 새로운 가설을 세우고 이번에야말로 재밌는 책을 고르는 법칙을 발견하리라 결의를 다졌다.

그러느라 터무니없이 오랜 시간 서점에 머물렀다. 해가 들지 않는 지하 1층 동네서점, 인공적인 빛과 먼지 쌓인 책 냄새로 시간이 멈춘 것 같은 그곳에서 단 한 권의 책을 고르다 보면 서너 시간이 금방 갔다. 허기를 느끼며 책 한 권을 손에 쥐고 삐걱거리는 계단을 올라오면 바깥에는 해가 다 져 있었다. 괜찮다. 좀 늦더라도 서점에 다녀오느라 그랬다고 하면 아버지는 나를 때리지 않았다. 꼭 그래서 내가 책을 좋아하게 된 것은 아니다.

나는 내가 책을 좋아하는 이유를 분명하게 설명하지 못한다. 내가 책을 좋아하는 이유 중에는 아버지에 관한 것도 있고 아닌 것도 있다.

나는 아버지를 좋아하기도 하고 그렇지 않기도 하다. 그건 책보다 훨씬 복잡한 문제다.

서점은 동네 끄트머리에 있었다. 서점 앞 도로를 건너면 거기서부터는 내가 모르는 동네가 펼쳐졌다. 때마다 초록불로 바뀌는 신호등과 널따란 횡단보도가 있는데도 선뜻 발이 떨어지지 않아서 나는 서점 앞에 선 채로 건너편을 바다처럼 바라만 봤다.

서점이 당시 내가 아는 세상의 끝, 내게 허락된 세상의 물리적 경계에 있었기 때문에 나는 바다로 달려가는 마음으로 서점에 갔다. 벽을 따라 빼곡히 꽂힌 책들을 방파제 삼아 덮쳐오는 생각으로부터 겨우 멀어졌다. 내가 아는 세상 말고, 아버지가 허락한 세상 말고, 아버지도 나도 모르는 어떤 세상을 염원하며 간신히 자랐다.

멀리 가고 싶었다. 가고 싶은 곳이 있었던 게 아니다. 새로 시작하고 싶었을 뿐이다. 어른이 된 나는 내가 아는 풍경이 보이지 않을 때까지 내리 달아났다. 그리고 얼마 뒤 한 가지 중요한 사실을 알게 된다.

나는 계속해서 아버지에게로 돌아가며, 매번 거기서부터 시작한다. 그게 내 삶과 나 사이의 규칙이다. 이유를 알아내는 건 내 몫이다. 어떤 사람들은 그걸 운명이라고 부른다.

만약 그게 내 운명이라면, 나는 이제 내 운명에 아무런 불만도 없다. 더 늦기 전에 운명에 어울리는 삶을 살아야 한다는 생각뿐이다.

하루는 같이 사는 친구가 집 앞에 목련 핀 것을 보았냐며 아침 인사를 건넸다. 아주 예쁘게 피어나고 있다고, 꼭 한번 가서 보라며 설거지하는 내 등 뒤에 대고 일러주었다.

그러냐고, 꼭 보겠노라 답하는 동안 나는 집 앞 목련 대신 대학 교정에 봄마다 피던 목련을 생각했다. 목련 아래를 지나 벚꽃이 흐드러진 길을 통과하면 오른편에 도서관이 나온다는 사실도 함께.

도서관은 본관과 몇몇 학과 건물을 포함해 교내에서 가장 오래된 건물 중 하나로, 내가 다닐 때까지만 해도 옛 모습을 거의 그대로 간직하고 있었다. 돌로 지어진 탓에 늦봄까지도 쌀쌀한 도서관 건물은 해가 잘 들지 않아서 한참 있으면 손발이 시렸다.

교정은 봄마다 떠들썩했다. 그늘 없는 풀밭에 삼삼오

오 모여 앉아 서로의 근황이나 학과에 떠도는 이런저런 소문의 진위를 파헤치다 보면 자못 더워서 사람들은 입고 있던 카디건이나 재킷을 벗어서 팔에 걸치거나 어깨에 둘렀다.

봄이나 풀밭, 근황이나 소문 같은 것에 도무지 마음을 붙이지 못했던 나는 카디건과 재킷을 단단히 챙겨 입고 도서관에 갔다. 세상이 너무 화사해서 내가 더욱 초라해 보이는 계절에 도서관에서 책을 뒤적이며 혼자 시간을 보냈다.

책에는 나처럼 망가진 존재들이 주로 등장했다. 마치 망가져야만 책에 등장할 자격이 있다는 듯, 책 속의 존재들은 저마다 어딘가 상해 있었다. 하나같이 상한 존재들 사이에서 멀쩡한 존재가 되려 이상해 보이는, 현실과는 약간 다른 세계였다. 솔직히 훨씬 그럴싸해서 사람들이 얘기하는 현실이라는 것에 대해 나는 갈수록 의심을 품게 되었다. 현실의 허를 찌르고, 현실을 배신하고, 현실의 뒤통수를 갈기고 싶어서 밤마다 이를 갈았다. 현실을 참을 수 없어서 종종 아무곳이나 마구 걸어 다녔다.

얌전히 앉아 있는 일은 손에 책이 들려 있는 순간에만 가능했는데, 어쩌다 책도 없이 앉아 있어야 할 때는 멍한 상태를 유지함으로써 갑자기 울거나 화내지 않도록 주의했다. 그것은 '현실로부터 한발 물러나기'로, 내가 가진 거의 유일한 기술이다. 나는 멍하니 앉아 멀쩡한 사람인 척 연기하면서, 내 쪽에서 훨씬 그럴싸해 보이는 현실을 지어내 속으로 중얼거렸다. 입 밖으로 새어 나가지 않게 조심하면서, 이러다 결국 완전히 미쳐버리는 게 아닐까 걱정하면서.

내가 책을 좋아하고 또 그게 사실이라면, 그것은 책이 나를 위로하려고 하지 않았기 때문이다. 너도 멀쩡해질 수 있다는 말로 책은 나를 격려하지 않았다. 책이 나를 위로하려고 시도조차 하지 않았기 때문에, 책이 나 같은 건 신경도 쓰지 않고 자기가 하려는 이야기에 충실했기 때문에, 안심하고 책이 하는 이야기에 귀를 기울였다.

책은 나에게 바라는 게 없었다. 특별히 뭘 시키지도 않는다. 책은 그저 자기 할 이야기만 하고, 그뿐이다. 책이 하는 이야기에 고개를 끄덕이거나, 공감하는 표정을 부러 짓지 않아도 됐다. 내가 책으로부터 무엇을 얻었든 책이 그에 관해 따져 묻는 법도 없었다. 내 생각이 책의 기분을 거스를지 아닐지, 어떤 말은 하고 어떤 말은 삼가야 할지, 그런 건 안중에도 없이 책이 다만 자기 이야기를 하듯 나도 내가 느끼고 싶은 대로 느끼고 생각하고 싶은 대로 생각했다. 책이 들려준 이야기가 마음에 들었다고 해서 달라지는 건 없다. 나는 책에게 자그마한 선물이라도 답례로 해야 하지 않을지, 언제쯤 문자나 전화를 해 고맙다는 말을 전하면 좋을지 고민하지 않는다. 책의 마지막 페이지를 덮은 후에는 책 같은 건 잊고 바깥으로 달려 나가 내 앞에 놓인 세계에 뛰어든다. 그저 내 인생을 살고, 내 이야기를 한다.

사람에게 책과 같은 역할을 기대할 수는 없을 것이다. 사람들은 의미와 보람으로 인생을 쌓아나가길 원하고, 서로에게 바라는 바도 그러하다. 보답받지 못하는 존재로 남기 위해 관계를 시작하는 사람은 없다. 상대방의 존재가, 그의 삶이 나의 긴요함과 쓸모를 입증해주기를 바란다.

그러므로 나에겐 책이 필요하다. 사람들이 애인이나

배우자, 침대나 소파를 필요로 하듯 나는 책이 필요하다. 나는 서점으로 가 딱 한 권의 책을 사서 가방에 넣고 아무 곳이나 쏘다닌다. 정오에 천을 따라 걷고, 자정에 운동장을 가로지른다. 밤중에 뒷산을 오르고, 첫새벽에 집 주변을 배회한다. 허락된 길과 허락되지 않은 길을 가리지 않고 가고 싶은 데로 걷는다. 서로 다른 동네의 경계를 두 번, 세 번 지날 때까지 쉬지 않고 걷는다.

읽기 위해서 종종 기차를 탄다. 천천히 멀리 돌아가는 기차를. 창가 자리에 몸을 구겨 넣고 이제 내게 읽는 일만이 남았을 때, 한 권의 책이 가방 속에 있다.

책을 읽다 보면 아버지에 관한 생각을 멈추게 된다. 아니다, 이 말은 틀렸다. 책을 읽다 보면 아버지에 관한 새로운 생각을 하게 된다.

책을 읽는 시간보다 책이 불러일으킨 생각에 잠기는 시간이 더 길고, 그보다 더 긴 것은 가방에 책을 넣고 쏘다닌 시간. 그런 식으로 터무니없이 오래 읽은 책들이 지금도 내 방 책장에 꽂혀 있다. 나는 가끔 책등을 물끄러미 바라보고, 결국엔 모든 걸 버리고 떠나야 한다는 예감에 사로잡힌다. 인생이란 쌓아나갈 수 있는 종류의 것이 아니며, 한 자리에 머무는 것이 내 운명이 아님을 느낀다. 나는 항상 같은 곳에서 출발해 다른 곳에서 멈춘다. 어둑한 거실, 아버지에게 뺨을 내어주던 장면으로 시작해 매번 새로운 장면으로 끝난다. 나는 멀리 간다.

설거지를 끝내고 마른행주로 그릇에 남은 물기를 훔치며 친구에게 싱거운 질문을 했다.

"목련이 영어로 뭐게?"

"뭔데?"

"매그놀리아."

목련이 학교의 교화라서 목련의 영어 이름을 딴 장학금이 있었고, 정문을 들어서서 도서관으로 가는 길에 가장 아름다운 나무가 목련이었기 때문에, 꼭 그래서 목련을 각별히 여기는 것은 아니다.

십몇 년 전에 내가 멀리, 아주 멀리 가고 싶어서 비행기를 타고 바다 건너 외국으로 갔을 때 아버지가 편지를 보내왔다.

삼월이 되니 봄이 가까이 왔다는 것을 알리기라도

하듯, 우리 집 발코니 앞 목련의 몽우리들이 꽤나 커져 있구나. 조금 있으면 아이보리색 목련이 피고 또 시간이 지나 상추 잎 같은 꽃잎이 떨어질 때쯤 그곳에서의 생활도 반 정도 지나가고 있겠지.

이런저런 어려움이 있을 텐데 내색하지 않고 잘 지내고 있는 것 같아서 다행이다만, 힘든 점이 많을 것이라 생각한다. 처음에 가졌던 마음을 다시 한번 생각해 보면서 남은 기간을 건강하고 알차게 보냈으면 좋겠다.

이 세상 많은 사람 중에 이영이가 내 딸인 것이 아버지에게는 행복이란다.

목련이 피는 계절에는 도리 없이 아버지를 생각하게 되고, 그때마다 나는 폐허, 아늑한 폐허 같았던 옛날 우리 집으로 돌아간다. 집 앞에 뿌리 내린 목련, 발코니에서 목련을 바라보는 아버지, 아버지 주위를 달처럼 맴도는 나, 나와 아버지 사이에 놓인 바다, 덮쳐오는 파도, 춥고 어둡고 짠맛이 나는 시절의 나로 돌아간다. 거기서부터 시작한다.

새벽 바다

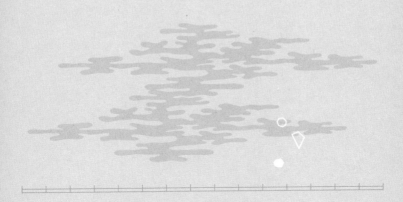

우리가 무언가를 말할 때 아주 작게라도 떨리게 된다는 것,

떨지 않고는 말할 수 없다는 것.

모든 말, 모든 노래는 한 존재를 울리고서야 나온다.

새벽 바다를 보러 갔다. 해 뜰 무렵의 바다를 보고 싶어서 눈곱만 떼고 서쪽으로 향했다. 차는 출발한 지 얼마 되지 않아 도심을 벗어났고, 바다에 가까워질수록 벌판만이 광막했다. 창을 내리자 진득한 바람이 훅 하고 들어왔다. 바다 근처에서만 부는 달고 짠 바람이다. 오랜만에 느끼는 고요한 기분 속에서 생각보다 가까운 이곳을 자주 찾지 않은 것을 후회했다.

그리운 마음 열두 달 모아 1년 만에 만나러 간 바다였다. 많은 이들이 아직 잠들어 있을 시간, 안개 속에서 부드럽게 들락날락하는 파도를 보다가 신고 온 신발을 벗었다. 잃어버리지 않게 양손에 한 짝씩 들고 맨발로 파도의 끝자락을 밟으며 걸었다. 군청색 하늘 한쪽 구석이 그새 희미하게 밝아오려 하고 있었다. 파도가 복숭아뼈 언저리에서 차올랐다 빠지며 내가 남긴 발자국을 부지런히 지워내는 동안 나는 모음으로 가득한 노래를 불렀다.

오오오 오 오오
스르륵, 쏴아.

우우우 우 우우
스르륵, 철썩.

물가에서는 소리가 먼 데까지 간다. 소리가 물을 타고 멀리 나아가서일까. 바다를 이루는 무수한 물방울에 음을 실어 보내는 상상을 하며 입술을 둥글게 모아 소리를 냈다. 원을 그리며 멀어지는 소리 사이로 파도가 쉼 없이 들어오고 사라졌다. 파도는 빠르게 밀어닥친 후 느리고 신중한 몸짓으로 빠져나가길 반복했고, 비대칭적인 리듬을 따라 내 호흡도 덩달아 길어졌다.

요가에서는 숨을 내쉬는 일이 들이쉬는 일보다 중요하다. 잘 내쉬면 자연히 잘 들이쉬게 된다. 끝까지 뱉어내 텅 비워진 자리에 비로소 신선한 공기가 들어온다고 믿는다. 긴 날숨에 집중해 수련한 날이면 가슴께에서 깔딱깔딱하던 숨이 배꼽까지 깊어져 있다. 끊길 듯 끊기지 않고 밀려오는 파도처럼, 잘릴 듯 잘리지 않고 불어오는 바람처럼 길고 규칙적인 숨이다.

긴 숨은 노래할 때도 중요하다. 일상적으로 이끌어가던 숨의 박자를 끊고 새로운 리듬으로 호흡하는 일이 노래의 본질이라는 근거 없는 신념을 가지고 있다. 숨을 길게 뱉어야 하는 노래를 좋아하는 까닭도 있다. 그런 의미에서 나에게 노래란, 다른 식으로 뱉는 한숨이다.

몸에도 창문이 있다면 할 수 있는 한 활짝 열어둔 채 걸었다. 노래를 하면서 탁한 공기를 게워내고 소금기 가득한 푸른 공기를 넉넉히 들였다. 박자에 맞추어 몸 속 깊이 쌓인 침전물을 긴 날숨에 멀리 실어 보냈다. 언젠가는 나도 좋은 것을 내보내고 싶다.

좋은 것이 내 안에 없어도 다행히 좋은 가사들은 많아서 어느 정도 가능하다. 가사는 평범한 단어, 몇 줄의 쉬운 문장으로 길고 어려운 글로도 해내기 힘든 일을 해낸다. 말에 음을 얹을 때 일어날 수 있는 가장 근사한 일일 것이다. 좋은 가사 덕분에 살면서 힘든 순간들을 뭉개버리지 않을 수 있었다. 좋은 이야기처럼, 좋은 가사는 몇 번이나 따라 부르게 된다.

비 내리는 유월 저녁, 작은 책방에서 열린 시 낭독회에 갔다. 우산을 쓰고 도착한 그곳엔 나를 제외한 모든 사람들이 일찌감치 와 있었다. 벽을 따라 빼곡히 늘어선 책장은 어둠 속에 모습을 감추고 조도가 낮은 주황색 조명이 와인과 치즈, 빵으로 가득한 테이블 위를 비추었다. 우리는 테이블 주위로 둘, 셋 혹은 넷씩 둘러앉아 낭독을 하거나 남이 낭독하는 걸 들었다.

> 그대가 내게 불러주던 그 노래를
> 나 언제나 듣고 있으리니*

사람의 목소리는 폐 속의 공기가 성대의 막을 진동시키면서 나온다는 말을 믿게 되는 밤이었다. 우리가 무언가를 말할 때 아주 작게라도 떨리게 된다는 것, 떨지

---

* 자크 프레베르Jacques Prévert, 〈낙엽Les feuilles mortes〉.

않고는 말할 수 없다는 것. 모든 말, 모든 노래는 한 존재를 울리고서야 나온다. 그날 밤 나는 잠자리에 누워 우리가 만든 떨림과 울림이 책방 안에 갇히지 않고 문틈으로 회절되거나 유리창 너머로 굴절되면서 먼 데로 퍼져나가는 상상을 했다. 물결을 닮은 그것이 한 존재로부터 퍼져나가 그곳에 앉아 있던 모두를 감응시키고, 주황색 전등을 깜빡이게 하고, 잔 속의 와인을 찰랑이게 하고, 그러고도 더 멀리 퍼져나가 아무도 가본 적 없는 해변에 닿는 모습을. 우리가 한 시간 넘게 소리 내어 읽은 그 많은 단어와 문장이 파도가 되어 밀려오는 상상을 했다.

하지만 끝내 지구를 벗어나지는 못할 것이다. 소리는 공기를 매질로 하는 파동이므로 공기가 없는 우주에는 소리도 없다. 적막하고 광활한 우주에서 노래가 울려 퍼지는 이곳은 푸르고 둥근 별. 무인도에 버려진 라디오처럼, 우리가 부르는 노래에는 특정한 수신자가 없다. 그것은 어딘지 무해한 광경이다.

또한 더없이 애틋한 광경이다. 말하고 노래하는 일, 보드랍고 말랑한 입술을 모아 음을 싣는 일. 가장 시시

한 일이면서 가장 중요한 일이다. 아무것도 아니면서 결국 모든 것인 일이다.

어느 해 여름에는 그런 광경 속에 있기도 했다.

너와 나는 새벽에 높은 곳에 올라 바람을 맞고 있었다. 그때 우리는 어렸고 모든 게 불확실한 시간을 통과하는 중이었다. 하고 싶은 일도, 되고 싶은 것도 많았지만 도무지 스스로를 믿을 수 없어서 웃자란 풀처럼 지나가는 바람에도 쉬이 흔들렸다.

못난 나는 그럴수록 강한 척을 했다. 위로를 받으면 자존심이 상해서 눈물을 흘리고, 내가 어떤 사람인지 몰라서 되고 싶은 사람을 연기했다. 그래서 네가 떨리는 목소리로 간직해 온 마음을 고백했을 때 겉으로 티는 내지 않았지만 속으로 놀랐다.

어떻게 불안한 가운데서도 누군가를 사랑하고, 고작 자기 자신도 믿지 못하면서 다른 누군가를 덜컥 믿어버리는지. 세상이 가르쳐주지 않는 것, 사랑이니 용기니 하는 것들을 우리 서로 가르치고 배우는지. 그건 마치 가없이 밀려오는 파도를 닮았다. 무한하고 무모하다.

외면하고 싶을 만큼 벅차다.

너의 평범한 고백의 문장은 변함없이 나를 울린다. 아무것도 아닌 문장을 지금도 가끔 곱씹는다. 스스로도 잘 믿기지 않아서 자꾸만 다시 해본다. 어떤 이야기는 한 번으로는 되지 않고, 뻔하고 유치한 사랑 노래도 계속해서 만들어진다.

시간이 많이 흐른 어느 날 텅 빈 거리에서 네 이름을 소리 내어 불러본 적이 있다. 잘 모르는 사람들 앞에서 성격 좋은 사람인 양 능글맞게 군 날, 쓸데없이 빙글빙글 웃어 보인 날, 집에 곧장 들어가기 싫어서 먼 길을 택해 오래 걸어도 잠이 오지 않는 그런 날에 작은 소리로 네 이름을 말해본다. 우리 덜 영리하던 시절 속 네 이름을 부르면 네 옆에 있던 나로 돌아갈 수 있다.

무언가를 호명할 때 일어나는 일을 안다. 어둠 속에서 눈을 감고 '바다' 혹은 '엄마'라고 소리 내어 말하면 그것이 두둥실 내 앞에 떠오르고, 나는 그것을 만지고 싶다. 두 팔 벌려 안고 싶다. 뛰어들고 싶다.

붉게 터오는 하늘 아래 눈꺼풀처럼 소록소록 감겨오는 파도를 보며, 나는 이제 '잠'이라고 소리 내어 말한다. 그러면 내 마음은 별안간 애틋해지고 아직 자고 있을 이름 모를 이들의 숙면을 아무 이유 없이 소망한다. 그들의 평안한 밤과 새벽을, 길고 고른 숨을 진심으로 바란다.

그리고 무모하게 믿고 싶다. 노래 가사처럼 좋은 것이 내 안에서도 드물게 생겨난다는 사실, 그 무해한 마음이 단지 무언가를 작게 소리 내어 말하는 일로 가능해지기도 한다는 사실을.

한 시절

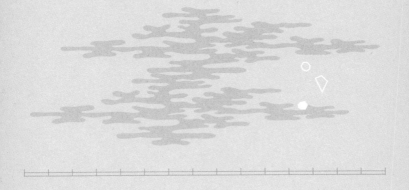

한때 익숙했던 동네를 걸었다.

눈 쌓이는 길을 걸으며 지난 시절 내가 흘린 문장들을 주웠다.

내가 찍지 않았는데 어느새 찍혀 있는 마침표를

어색하게 바라봤다. 사는 동안 벗어날 수 없으리라 생각했던

한 시절이 끝나버렸음을 절감했다.

한 장소를 떠나기 전까지는 진정한 의미에서 한 시절이 끝나지 않을 때가 있다. 한 시절을 끝내기 위해서는 좋든 싫든 떠나야 하는 것이다. 어떤 장소에 엮인 시간을 과거 시제로 돌리는 데 그만한 방법을 알지 못한다.

그래서 자주 떠났다. 한 시절에 마침표를 찍는 일이 절실했다. 정말로 돌아가고 싶은 시절은 없다는 사실 때문에 쉬지 않고 걷는 사람, 짐을 싸서 이고 다니는 사람이 되었다. 감당할 수 있는 시간만 지니고 다녔다.

천장이 낮은 그 집은 불을 켜지 않으면 낮도 밤처럼 어두웠다. 차 한 대가 겨우 지나갈 정도의 골목을 사이에 두고 늘어선 엇비슷한 연립주택들 중 하나로, 창문만 땅 위로 내놓은 반지하가 그곳에선 1층이라 불리었다. 1.5층 같은 2층의 복도 맨 안쪽 집에 세를 얻어 한 시절을 살았다.

　채광이 좋지 않은 집들이 대개 그렇듯, 그 집에서도 젖은 것은 줄곧 젖은 채였다. 물기는 날아가기보다 고여 드는 것처럼 느껴졌다. 낮인데도 현관문을 열면 순간적으로 눈앞이 캄캄해져서 이사 오고 한동안은 벽이나 식탁을 손으로 더듬으며 들어가야 했다. 눈이 어둠에 적응하고 나면 거실 한편에서 느리게 말라가고 있는 빨래가 보였다.

　그럼에도 그럭저럭 좋았습니다, 라고 지금에 와서 이야기할 수 있는 이유는 골목을 향해 난 큰 창이 침대 바로 옆에 있었기 때문이다. 방에서나마 볕도 바람도 너르게 들이며 지냈다. 잘 마르지 않는 빨래는 방에다 널어두고서.

　호사라면 호사였다. 침대 발치에 걸터앉아 빨래 마르는 냄새를 맡으며 골목을 오가는 발소리나 누군가 통화하는 목소리, 새소리를 듣는 일. 나는 가능한 창을 열어두고 바깥에 있는 것처럼 집 안에 머물렀다.

　창이 있어서 몸은 방 안에 있어도 마음은 갇히지 않았다. 바깥을 떠돌고 길 위를 헤맸다. 골목을 지나가는 사람들의 신발 뒤축에, 양손을 찔러 넣은 바지 주머니에, 한쪽이 들린 코트 깃에 조금씩 마음을 떼어 보냈다. 부스럭대며 날아가는 비닐봉지와 소리 없이 흘러가는 구름에도 실어 보냈다.

창밖에는 온통 사라지는 것투성이. 떠오르고 지는 것, 피어나고 시드는 것, 가까워지고 멀어지는 것. 창가에 앉아 사라짐의 다양한 모양에 자꾸 고여 드는 옹졸한 문장을 실어 보내면 내 마음엔 비로소 보잘것없는 평화만이 남았다.

주말에는 강처럼 굽이 흐르는 길을 찾아가 마음을 떠나보내길 좋아했다. 시간을 견디고 살아남은 것들이 많은 곳이었다. 오래된 길과, 그 길만큼 오래된 나무와 붉은 벽돌 건물이 사시사철 자리를 지켰다. 그것들에 비하면 길 위를 오가는 존재들은 새것 같아서 나이를 불문하고 새로 난 잎사귀처럼 보였다.

상호나 지하철 역명이 아닌, 다른 무엇보다 길의 이름으로 기억되는 그 거리를 찾아가 초입부터 끝까지 걸음해 내는 것은 나의 주말 일과였다. 돌담으로 시작해

관공서와 극장, 밥집과 카페, 교회와 고등학교로 이어지는 길의 끄트머리에는 수도회 건물이 자리하고 있었다. 믿는 종교도 없으면서 일요일마다 수도회 건물 1층 카페에 앉아 커피 한 잔을 시켜놓고 한나절을 보냈다.

바람이 새어 드는 창가 자리에 앉아 찻잔을 모아 잡고 있으면 시간이 잘 갔다. 어떻게 보내야 하지 싶은 주말도, 계절도 그 자리에서는 맥을 추지 못했다. 여름비에 퍼덕이며 물을 튕겨내던 잎사귀가 가을 햇살에 반짝하더니 눈 깜짝할 사이 유구한 길 위로 흩날리며 떨어졌다. 겨울과 어둠은 걸음이 빨랐다.

사라지지 않고 남은 것과 사라지는 것을 공평한 정도로 생각하기 좋은 자리에 앉아, 걷지 않으면서 걸었다. 물 맺힌 유리컵 속 얼음이 주저앉는 소리, 야외 테이블과 의자 위로 쌓이는 낙엽 소리를 듣는 호사를 누렸다.

모처럼 퇴근이 일렀던 어느 평일에 들른 카페에서는 다른 종류의 소리를 들었다. 길 위로 쏟아져 나온 고등학생들의 수다, 웃음, 뜀박질 소리가 늦가을 공기 속에 퍼져나갔다. 까만 머리카락을 한껏 뒤로 당겨 묶은 아이들의 맨얼굴을 보고 있으면 삶은 오직 여름으로 이루어진 것 같았다. 여름의 시작부터 쇠락까지가 겨우 삶인 것 같았다. 길 위로 흐르는 시간 위에 나의 짧은 생을 겹쳐보고 짧은 생 안에서 나타나고 사라지는 얼굴들을 헤아렸다. 믿음은 어렵고 냉소는 쉬워서, 사랑은 막연하고 미움은 구체적이어서, 사라짐을 곁에 끌어다 놓고 그 덧없음 속에서 손쉽게 안도했다.

허무를 바란 것이 아니다. 무얼 믿어야 할지 몰랐을 뿐이다. 어떻게 사랑해야 할지 몰랐을 뿐이다. 얼마 없는 믿음과 사랑마저 굽이 흐르는 길에 떼어 보내고 차라리 외로움을 견뎠다. 두 손으로 찻잔을 모아 잡고 고여 드는 쓸쓸함을 환대했다.

마감 시간에 쫓겨 카페를 나오면 건물은 어둠 속에 잠기고, 검게 흐르는 길 위로 바람과 낙엽만이 지나다녔다. 천장이 낮은 집으로 돌아와 이불 속에 누워 숨을 죽이면 멀리 전철 지나가는 소리가 들렸다. 밤을 가르고 어딘가로 실려 가는 사람을 상상하며 꿈속으로 실려 갔다. 옆으로 돌아누워 머리칼에 밴 밤거리의 냄새를 맡았다. 사라지는 것들이 내는 소리와 냄새 속에서 잠들었다.

꿈결에도 바깥을 헤매던 시절에 살았던, 깊이 잠든 연립주택들이 끝도 없이 나타나는 곳. 20여 분을 꼬박 걸어도 불 꺼진 창이 밤하늘 별처럼 빼곡한 그 동네를 몇 년 만에 우연히 다시 찾았을 때는 겨울이었다.

처음 이사 왔던 계절과 같은 계절 속에서, 지는 해를 등지고 한때 익숙했던 동네를 걸었다. 살았던 집 주변과 자주 가던 카페 자리를 둘러보고 잘 아는 정류장에 우두커니 서서 버스 두어 대를 그냥 보냈다. 천장이 옷으로 빼곡한 세탁소와 깊은 새벽 홀로 환하던 편의점을 천천히 지나쳤다. 갑작스러운 눈 폭탄에 종종걸음 하던 골목을 여유롭게 배회했다. 동네는 크게 달라진 게 없었다. 살던 집도 그대로, 카페와 정류장, 세탁소와 편의점도 그대로였다.

그러니 알 수 있었다. 무엇이 달라졌는지. 날마다 하고 싶었던 말이 어릴 때 떠나온 모국의 언어처럼 아득하고, 한 페이지를 가득 채우고도 모자랐던 사건에 관해 더 이상 쓸 이야기가 없다고 느꼈다. 사는 동안 벗어날 수 없으리라 생각했던 한 시절이 끝나버렸음을 절감

했다. 내가 찍지 않았는데 어느새 찍혀 있는 마침표를 어색하게 바라봤다. 달라진 것 없는 공간 속에서 달라진 나를, 사라져버린 나를 발견했다.

눈발이 흩날린다.

눈이 오는 날엔 잠옷 차림으로 침대에 걸터앉아 창가에서 책을 읽었더랬다. 눈 오는 풍경을 놓칠 수 없어서 창을 열고 코가 빨개질 때까지 책과 창을 번갈아 보며 느리게 읽었다. 창밖의 나뭇가지가 눈으로 소복이 덮힐 때까지. 열린 창으로 들어온 눈송이들이 방바닥에 닿아 잠시 형체를 유지하다 이내 투명하게 녹았다. 한 문장 읽고 눈 한 번 보고, 그렇게 문장 사이사이에 눈이 내렸다. 모든 문장이 눈에 묻혔다. 지금도 그 책을 펼치면 내 마음은 순식간에 눈에 파묻힌다. 앙상한 가지처럼, 옹졸한 문장 위로 소복이 눈이 쌓인다.

눈 쌓이는 길을 걸으며 지난 시절 내가 흘린 문장을 주웠다. 창가에 앉아 누군가의 등 뒤에, 혹은 바람결에 실어 보낸 문장들이다. 나뭇가지에 쌓인 눈을 털어내듯, 문장 위로 내린 눈을 발로 스윽 밀어냈다. 맨 가지 같은 문장을 가만히 잡아보았다. 한참을 추위 속에 서 있었던 낯모르는 사람의 팔처럼 차가웠다.

노란색 창 하나에 비친 실루엣이 저녁 준비로 분주해졌다. 작은 부엌 창으로 들어오고 나가기를 되풀이하는 누군가에게, 계속 살아가겠다는 몸짓에 안부를 띄운다. 한철 여름 같은 생에 오늘은 당신에게 어떤 날이었는지.

돌아갈 장소가 생긴 날이었습니다, 이것은 나의 대답.

겨울과 어둠은 걸음이 빠르고, 생의 끝 또한 예상보다 빨리 찾아오므로 너무 늦어서는 안 될 것이다. 떠나온 장소를 도로 걷고, 흘린 문장을 붙잡고 다시 읽는 일에 대해.

어깨에 쌓인 눈을 툭툭 털고 젖은 손을 외투 주머니에 찔러 넣었다. 미끌거리는 안감을 꼭 그러쥐었다.

우울이라 쓰지 않고

초판 1쇄 발행 2022년 10월 31일

지은이 문이영
디자인 소요 이경란
펴낸곳 오후의 소묘

출판신고 2018년 8월 30일 제 2018-000056호
sewmew.co.kr@gmail.com

ISBN 979-11-91744-17-0 04810
        979-11-91744-16-3 (세트)

- 객원 에디터로 함께해 주신 분들께 감사드립니다.
  강민희, 김애희, 박근영, 박수영, 박은정, 신미진, 이신후, 이,정혜, 이지혜,
  주연, 진란, 홍은주, 황지혜

마음의
지도 ✳
감정과 마음을 깊고 넓게 들여다본 이들이 길어올린 문장으로
마음의 물성을 살피는 산문 시리즈

우울이라 쓰지 않고 문이영

작은 마음(근간) 고수리